Das Geheimnis der verschwundenen Hellebarde

Die Handlung und alle handelnden Personen in diesem Band sind frei erfunden. Ähnlichkeiten mit lebenden Personen sind daher zufällig und nicht beabsichtigt.

Ernst Rudolf Altewiek

Das Geheimnis der verschwundenen Hellebarde

Impressum

Die Deutsche Nationalbibliothek verzeichnet diese Publikation in der Deutschen Nationalbibliografie; detaillierte bibliografische Daten sind im Internet über http://dnb.dnb.de abrufbar.

© *2023 Ernst Rudolf Altewiek*

Herstellung und Verlag:
BoD – Books on Demand, Norderstedt
ISBN: 978-3-741-22193-4

Titel Fotographie: © *M. Warning*

Gerwin Kolmar ließ die Zeitung sinken. Da hatte es der Seutemeel doch wirklich auf die Seite 1 geschafft. Er strich sich mit der Hand über das Kinn, kniff die Augen zu und schnaufte erst einmal tief aus. Dann musste er unwillkürlich losprusten. Für einen Augenblick versuchte er sich noch zu beherrschen, aber dann ließ er es einfach geschehen. Er brüllte los, schlug sich mit den Händen auf die Schenkel und warf sich in seinem Sessel zurück. Um ein Haar hätte er seine Tasse Tee, die neben ihm auf dem Tisch stand, umgeworfen, weil er mit einem Knie unter den Tisch geknallt war.

Jeden Morgen nach dem Frühstück setzte er sich an den kleinen Tisch im Wohnzimmer, der am Fenster stand, und las die Zeitung. Die Tasse Tee vom Frühstück nahm er mit und auch das Glas Wasser, das er brauchte, um seine Tabletten einzunehmen. Seine Frau hatte ihm schon zugezwinkert, als er hinüberging, und gemeint: „Na, das wird heute eine spannende Lektüre werden. Kapitalverbrechen mitten im Magniviertel." Erst hatte er der Bemerkung nicht wirklich eine Bedeutung beigemessen, dann hatte er auf einen nächtlichen Raubüberfall getippt. Vielleicht waren ja auch ALBA die Mülltonnen geklaut worden, aber das hier schlug dem Fass den Boden aus. Da stand der Frank Seutemeel, wie er leibte und lebte, in seiner grünen Tracht als Kuno der Nachtwächter und sein Lieblingsspielzeug, die Hellebarde, war weg. Einfach geklaut! Gerwin Kolmar nahm er erst einmal einen großen Schluck Tee, feinster Darjeeling, Oolong. Dieser Zeitungsartikel versprach doppelten Genuss.

Er erinnerte sich noch sehr genau, als er dem Herrn Seutemeel angeboten hatte, doch einmal den Karnevalsumzug zum Schoduvel mit zu gestalten. Doch der Herr Seutemeel hatte ihn abblitzen lassen. Auf seine Hellebarde gestützt hatte er ihm bekundet, dass er ein ernsthafter Botschafter der Stadt sei und historische Werte und Ereignisse vermittle, aber keinen Mummenschanz betreibe. Als er darauf hingewiesen hatte, dass der Kurt Henning von Wüstrow als Till Eulenspiegel ebenfalls auf dem Zug mitfahre, hatte der Seutemeel sogar die Hellbarde drohend gehoben und verkündet, dass das ja genau der Unterschied sei zwischen ihm und dem Wüstrow und dass er ihn bitte in Ruhe lassen solle.

Gerwin Kolmar beruhigte sich wieder, hatte ihn diese Erinnerung doch ein wenig aufgewühlt. „Noch 'n Teechen?" Edith Kolmar hatte die Küchentür geöffnet. Sie hatte gewusst, dass sie ihrem Gatten mit dieser Zeitung eine Freude bereiten würde. Gerwin Kolmar nickte und lächelte, zufrieden mit sich und der Welt. Edith kam mit der Teekanne und schüttete nach, dann gab sie ihrem Gatten einen Kuss auf die Schläfe.

Kommissar Rhode trat einen Schritt zurück und betrachtete den Raum, die Wände und die Strahlen der Sonne, die durch die beiden halbhohen Fenster hereinfielen und der eigentlich grausigen Szene einen eher friedlichen Eindruck verliehen.

In diesem Teil der Scheune lagen nur ein paar Strohballen und in der Mitte ein größerer Strohhaufen aufgeschüttet. Darauf lag rittlings ein Mann, aus dessen Brust eine lange, speerartige Stange ragte. Die Hemdbrust des Mannes war vollgesogen mit Blut, was darauf schließen ließ, dass er wirklich auf dem Strohberg erstochen worden war. Der Kopf war nach hinten gefallen und hing vom Strohballen herab, so dass man das Gesicht nicht sehen konnte.

An der hinteren Wand des Raumes führte eine massive Holztreppe hinauf auf den Heuboden. Der Strohhaufen lag unterhalb der geöffneten Luke, so dass das durch das Dach eindringende Sonnenlicht dunkle Schattenstreifen auf den Körper des Mannes warf. Für einen Augenblick hielt Kommissar Rhode inne, als wolle er sich dieses Bild besonders einprägen.

Die Kollegen der Kriminaltechnischen Untersuchung hatte ihre Arbeit am Ort und an der Leiche abgeschlossen. Die Fotos waren gemacht, einschließlich der Nahaufnahmen vom Eintritt des Spießes in den Körper, und ein Mitarbeiter im weißen Overall schickte sich nun an, die Stange aus der Wunde zu ziehen. Von der Spitze tropfte Blut auf den Strohhaufen. Der Mitarbeiter wartete, bis es aufgehört hatte zu tropfen, dann trug er sie zur weiteren Untersuchung hinaus, wo ein Kollege bereits eine große Folie vorbereitet hatte, damit sie abgelegt und weiter untersucht werden konnte.

Zunächst wurden wieder Fotos gemacht, dann kam die Untersuchung nach Fingerabdrücken, und danach wurde der Gegenstand in die Folie eingeschlagen, damit er vor Ort nicht zusätzlich „kontaminiert" wurde. Später würden noch weitere Untersuchungen folgen.

Kommissar Rhode musterte den Gegenstand ernst. Vor ihm lag eine mittelalterliche Hellebarde. Er wusste nicht, ob sie wirklich alt oder nur nachgebaut war, aber sie sah furchteinflößend aus. Der Spieß hatte offenbar den Brustkorb des Opfers durchstoßen, und es schien, als ob das Beil und der Reißhaken verhindert hatten, dass er noch tiefer durch den Körper hindurchgedrungen war.

Ein Mitarbeiter der KTU hielt ihm den Ausweis des Opfers hin. Thomas Rhode zog seinen Notizblock hervor und schrieb sich die Daten auf: „Kurt Henning von Wüstrow, ... 1944, ... Madamenweg ... , ... Braunschweig", murmelte er vor sich hin. Das Opfer war über siebzig Jahre alt. Die Mitarbeiter der KTU schleppten einen schwarzen Sack an ihm vorbei. Der Leichnam wurde jetzt in die Pathologie gebracht.

Der Kommissar betrachtete das Scheunengebäude. Drei größere Holztore, frisch grün lackiert. Alle drei standen offen. Links standen einige alte Maschinen, ein Traktor, ein Pferdeanhänger und ein großer Gummiwagen, auf dem Stroh oder Rüben transportiert werden konnten. In der Mitte war der Heuschober, unter dem sich der aufgeschüttete Strohballen befand, und rechter Hand waren mehrere Pferdeboxen eingerichtet, von denen drei belegt waren. Das Stroh war also zum Auslegen der Pferdeboxen vorgesehen. Zur linken Hand schloss sich ein Wohnhaus an, das erkennbar in keinem guten Zustand war und offenbar leer stand. Alles stand im Widerspruch zu den frisch lackierten grünen Toren der Scheune und den Strohballen.

„Also, hinter der Halle steht ein Fahrzeug, so 'n alter Jeep. Könnte dem Opfer gehören." Eine der Kolleginnen der KTU sprach ihn an. „Neben der Scheune sind frische Reifenspuren. Also, halbwegs frisch. Schätzungsweise ein, zwei Tage alt. Offenbar verschiedene Fahrzeuge. Allerdings eher häufige Muster, nichts auffälliges." Der Kommissar nickte. „Wohin geht es da?", er deutete hinter die Scheune. „Da ist nur noch ein Stück Wiese und da, hinter dem Strauchgebüsch, fließt die Wabe, keine weiteren Spuren."

Das Gebäude war ein alter Resthof am Rande des Waldes und von der anderen Seite von Feldern umgeben. Das nächste Gebäude lag übers Feld geschätzt 500 Meter entfernt, und die nächste Straße, die zum Dorf abzweigte, war ungefähr in der gleichen Entfernung. Außerdem standen zur angrenzenden Straße hin Bäume, so dass man aus einem vorbeifahrenden Auto kaum etwas hätte erkennen können.

Thomas Rhode verwarf den Gedanken, dass ihn eine spontane Befragung der Nachbarn weiterbringen konnte. Es gab keine direkten Nachbarn. Er brauchte den Autopsiebericht, das familiäre Umfeld des Toten, den Besitzer des Gebäudes, eine Analyse der Mordwaffe und natürlich alles, was der Tatort an Spuren hergab. Aber ohne den Zeitpunkt des Todes konnte er eigentlich nicht anfangen. In den üblichen zwei Tagen, bis ein ausführlicher Bericht vorlag, würde er das private Umfeld des Toten sondieren und mögliche Verwandte aufsuchen. Der Zeichner musste unbedingt ein Portrait anfertigen. Das Bild auf dem Personalausweis war uralt und der Ausweis war längst abgelaufen. Bei älteren Menschen kam das öfter vor. Thomas Rhode wusste es von seinem Vater. Er tippte mit dem Finger auf sein Smartphone. Am anderen Ende meldete sich die KTU. „Rhode hier, gleich vorab, wenn nachher der Fall reinkommt, macht bitte erst mal eine Zeichnung, bevor ihr ihn zerschnippelt. Hier draußen ist sonst nix. Außerdem müssen gleich zwei Leute in den Madamenweg und die Wohnung sichern."

Die Frau, die den Toten gefunden hatte, hatte er nach kurzer Befragung bereits nach Hause geschickt. Die Kollegen hatte die Personalien aufgenommen, und er würde sie in den nächsten Tagen auf das Revier bestellen. In ihrem Zustand hatte es keinen Zweck, sie weiter zu befragen. Sie hatte keinen klaren Gedanken fassen können. Sie stand unter Schock.

Thomas Rhode wusste, dass sie nach ihrem Pferd hatte schauen wollen, das in einer der besagten Boxen in dem anderen Teil der Scheune stand. Das war belegt. Das Pferd stand da und die Frau hatte den Notruf gewählt, um den Fall zu melden. Es gab also keinen Grund, sie fest zu halten. Er hatte sie gebeten, sich so gut es ging zu erinnern und sich ggfs. Notizen zu machen.

Während Thomas Rhode sich über den Kreisverkehr der Kupfermühle näherte, nahm er unwillkürlich den Fuß vom Gas. Langsam fuhr er rechts ran und griff in sein Handschuhfach. Seine Hand zog eine gefaltete Zeitung hervor. Er schlug sie auf. Auf dem Aufmacherbild strahlte ihn ein älterer Mann an. Er trug einen breitkrempigen grünen Filzhut, unter dem die weißen Haare hervorschauten, und einen ebensolchen Mantel. Die Augen blickten wach durch eine schwarzgeränderte Brille. „Dieb stiehlt Hellebarde des Braunschweiger Nachtwächters", lautete die Schlagzeile.

„Das ist er!" durchfuhr es ihn. „Das kann nicht wahr sein! Hier im Elm." Kuno der Nachtwächter war stadtbekannt, und die Hellebarde war gestohlen gemeldet. Er blätterte weiter zum Lokalteil. Das Bild zeigte die Hellebarde deutlicher. Die geschmiedete Form war die, die er vorhin gesehen hatte und die rötliche Stange war ebenso charakteristisch.

Thomas Rhode legte den ersten Gang ein und fuhr wieder auf die Straße. Jetzt galt es schnell zu handeln. Erstens: diesen Kuno an Land ziehen, zweitens: die Wohnung des Opfers sondieren, drittens: Hausdurchsuchung bei diesem Kuno, viertens: keine Presse!

Die Logik war ganz einfach: Die KTU würde herausfinden, das die Hellebarde voll war mit Kunos Fingerabdrücken. Damit war er zwangsläufig Verdächtiger No. 1! Es ging nicht darum, dass es wahrscheinlich war, dass dieser Mann auch der Mörder war. Es ging allein darum, dass so starke Indizien geprüft werden mussten, und zwar sofort. Wenn es sich dann herausstellen sollte, dass dieser Kuno nichts damit zu tun haben sollte und wirklich nur bestohlen worden war, dann war ein wesentlicher Faktor ausgeschlossen. Wenn er, Thomas Rhode dies aber auf Grund einer vermuteten Unwahrscheinlichkeit unterließ, würde er

Gefahr laufen, einen Hauptverdächtigen zu vernachlässigen, und der Nachweis dem wahren Täter gegenüber wäre immer angreifbar.

Im „Strupait" ging es hoch her. Im unteren Teil saß eine Reihe älterer Männer um den großen ovalen Tisch herum und feierte. Es herrschte eine überschwängliche Stimmung, wie sie sonst nur aufkam, wenn am gleichen Tag die Eintracht gewonnen hatte und spät noch einige Gäste sich auf den Sieg etwas Besonderes gönnen wollten. Das „Strupait" war keine Fußballkneipe, sondern ein Feinschmeckerlokal, das aber nicht abgehoben war.

Ein älterer weißhaariger Mann war aufgestanden und hielt ein Glas perlenden Sektes in die Höhe. Seine Augen strahlten durch die schwarz gerändert Brille. Dann hub er an: „Lieber Ernst Rudolf! Ich freue mich, dass du an diesem Tage trotz der hohen Belastung, die dein Amt mit sich bringt, die Zeit gefunden hast, zu uns zu stoßen. Ich und wir alle sind dir sehr verbunden." Der Angesprochene nickte wohlwollend und blickte von einem zum anderen in die Runde. „Wann, liebe Freunde und Weggenossen", der Sprecher wandte sich erneut der kleinen Runde zu, „wann hat man schon mal die Gelegenheit den Oberbürgermeister persönlich begrüßen zu dürfen?" Dieser stand jetzt auf. Auch er hob sein Glas: „Lieber Frank, oder soll ich besser sagen, lieber Kuno, wenn Du, unser aller Nachwächter, deinen Geburtstag feierst, gibt es kaum eine größere Ehre ..." In die In diesem Augenblick wurden mit einem Ruck die schweren Filzvorhänge, die den Eingang des „Strupait" vom Innenraum abtrennten, um die kalte Zugluft draußen zu halten, auseinandergeschoben.

„Kuno der Nachtwächter!?" Kommissar Rhode brachte mit einem Schlag die Runde und den Redner zum Schweigen. Der Angesprochene drehte sich um und ließ sein Glas sinken. Er blickte etwas ungläubig und zugleich mürrisch, als könne er nicht recht glauben, dass ihn jemand bei diesem Anlass unterbrechen würde.

„Niemand rührt sich von der Stelle!" Der Kommissar wurde scharf. Dann wandte er sich dem Angesprochenen zu: „Ich verhafte Sie wegen des Verdachtes auf Mord an Kurt Henning von Wüstrow!" Sofort herrschte Totenstille. Das Glas mit Sekt zerschellte auf der Erde. Das Lächeln verschwand aus dem Gesicht des weißhaarigen Herrn. Für einen Augenblick schien es, als schwanke er. Dann wurde sein Blick ungläubig. „Wenn Sie mir bitte folgen wollen", ergänzte Kommissar Rhode ruhig. Der Angesprochene versuchte zu antworten, brachte aber nichts heraus. „Bitte!", ergänzte der Kommissar. Sein Verdächtiger war wie zur Salzsäule erstarrt. Kommissar Rhode schnippte zwei Beamten in Uniform zu, die inzwischen eingetreten waren. „Abführen!" Die beiden Beamten gingen auf den Benannten zu, fassten ihn jeweils links und rechts am Oberarm und drängen ihn zur Tür, als dieser aufschrie; „Ernst Rudolf, Ernst Rudolf, tu doch was! Du bist doch der Oberbürgermeister!"

Der Oberbürgermeister machte einen Schritt auf den Kommissar zu und wollte intervenieren: „Ich bin …". „Ich weiß, wer Sie sind", warf der Kommissar ein und wandte ihm den Rücken zu. „Raus mit ihm." „Kann ich bitte Ihren Ausweis …?" Der Mann kam nicht zu Ende, weil der Kommissar ihm ins Wort fiel: „ … sehen." – „Wenn Sie sich noch einmal einmischen, nehme Sie gleich ebenfalls mit. Im Wagen ist noch ein Platz frei." „Sie können doch nicht …!" Kommissar Rhode machte nie leere Versprechungen. Mit blitzschnellem Griff hatte er diesem Ernst Rudolf den Arm auf den Rücken gedreht und drängte ihn ebenfalls hinter den anderen her durch die Tür nach draußen. Zwei weitere Beamte, die draußen postiert waren, wies er kurz an: „Widerstand gegen die Staatsgewalt. Der Mann ist gefährlich. Handschellen und gleich Verschluss."

Die beiden schauten sich kurz an, befolgten dann aber den Befehl. ‚Tolle Schlagzeile', dachte der Kommissar. „Oberbürgermeister wegen Behinderung der Justiz verhaftet." Er persönlich würde es so formulieren. Der Abgeführte stöhnte vor Schmerz, zum einen, weil der Griff des Kommissars ihm die Schulter verdreht hatte, zum anderen, weil auch er eine Schlagzeile in der morgigen Ausgabe der Zeitung vor Augen hatte: „Oberbürgermeister wegen Behinderung der Justiz verhaftet!"

Illona Althuesmann kaute auf ihrem Bleistift herum. Irgendwie gefiel ihr der Text nicht, den sie für die neue Rätselseite vorgesehen hatte. Aber mit ein paar Kürzungen war es nicht getan. Der Redaktionsschluss für die morgige Ausgabe war schon durch, und außer ihr war niemand mehr in der Redaktion. Eigentlich konnte der Text bis morgen warten, aber irgendwie hatte sie die Hoffnung oder besser das Gefühl, dass noch irgendetwas passieren würde, so dass sie den richtigen Impetus für ihren Text bekommen würde.

Im Nachbarbüro klingelte das Telefon. Illona Althuesmann schaute auf die Uhr. „Um diese Zeit?", dachte sie. Aber sie erinnerte sich an die Worte, die ihr alter Lokalchef ihr mit auf den Weg gegeben hatte: „Die Zeitung schläft nie!" Ja, so war das mal gewesen, als sie noch richtig Zeitung gemacht hatten. Immer dran an der Geschichte, bis zum Ende recherchiert und vor allem die wichtigen Themen im Vordergrund, nicht dieses Gesülze der vermeintlich schönen und guten Welt der Freiwilligen und Ehrenamtlichen, der Kinderfeste und der neuen Kochrezepte, die für das gesunde Leben so unerlässlich waren und natürlich Bastelanleitungen aus der Recycling-Werkstatt. Das war die Tageszeitung von heute.

Alles war in Ordnung gewesen, wenn sie dem Baudezernenten auf der Spur gewesen war, weil ausgerechnet durch sein Grundstück die neue Gasleitung nicht gelegt werden durfte. Oder als das Ordnungsamt bei dem Edel-Bordell am Stadtrand eine Ausnahme machte und sie herausfand, wer sich dort wirklich alles traf.

Und dann kam dieser Killersatz: „Und wo, liebe Frau Althuesmann, bleibt die gute Nachricht?"

Das Telefon im Nachbarbüro klingelte unbeirrt weiter. Eigentlich hätte sie es klingen lassen sollen. Es war ja nicht ihr Büro. Es war das Büro des neuen Chefreporters Nick Nolte. Dieser arrogante Schnösel, der glaubte, wenn er sich mit Honoratioren „ins Bett legte", dann bekäme er die ganz großen Geschichten.

Aber sie konnte es nicht einfach klingeln lassen. Es war wider ihre Natur als Journalistin. – Die Zeitung schläft nie.

Sie meldete sich. Am anderen Ende eine heisere Männerstimme. Illona Althuesmann hatte sofort ihren Block parat. Sie war eine der wenigen Altgedienten, die noch Stenografie konnten und vor allem Zehnfingerschreiben. Das Erfassen der Texte war ihr kleinstes Problem.

Der Mann am anderen Ende sprach hastig. Er hatte seinen Namen nicht genannt. Illona Althuesmann wusste instinktiv, dass er ihn nicht nennen würde. Sie nickte mehrmals und bestätigte: „Hmmh." „Wieviel Uhr?" Der Mann am anderen Ende gab die Uhrzeit an. Im Hintergrund war Geschirrklappern zu hören. „Und wer war dabei?" Sie nickte: „Hmmh." „Wer noch?" Die Gegenseite schien zu zögern. „Der Oberbürgermeister!?" Illona Althuesman war überrascht, das konnte das gefundene Fressen sein. Dann hielt sie inne: „Verstehe!" Einen Augenblick später legte sie auf.

Sie brauchte keine zehn Minuten. Dann rief sie in der Druckerei an. „Habt ihr schon angefangen?" Der diensthabende Schichtleiter erklärte ihr, dass die Platten fertig seien, der Druck aber noch nicht liefe. „Ich muss noch was nachschieben, für die Seite 1. Ich schicke euch die Seite sofort rüber." Der Schichtleiter am anderen Ende nickte. „Ok, wir warten."

„Toter im Reitlingstal – Kuno der Nachtwächter verhaftet" Kommissar Rhode ließ die Zeitung sinken und lehnte sich zurück. Er wusste nicht, ob er stinksauer sein sollte, weil etwas durchgesickert war, was die Pressesprecherin noch gar nicht herausgegeben hatte, oder ob er die Zeitung bewundern sollte, dass sie so schnell die Informationen recherchiert hatte.

Immerhin, seinen kleinen Disput mit dem Oberbürgermeister hatten sie diskret verschwiegen und an deren Stelle eine Handvoll anderer Zeugen benannt, die offenbar zu dem engen Kreis der Bekannten des Beschuldigten gehörten. Interessante Namen waren dabei, z.B. einer der großen Bauunternehmer der Stadt und ein pensionierter Redakteur der Zeitung. Thomas Rhode blickte auf das Kürzel, das den Artikel kennzeichnete: I.A. Er musste unwillkürlich lächeln.

Kommissar Rhode war verwundert, dass diese Namen so offen genannt wurden. Er vermutete, dass die Autorin diese Informationen bewusst lanciert hatte, vielleicht um vom eigentlichen Informationsgeber abzulenken oder ihn herauszufordern. Klar war, dass diese Persönlichkeiten bei einer späteren Recherche nicht sagen konnten, sie hätten nichts gewusst.

Über den Fall selber und über Erkenntnisse vom Tatort war nichts zu lesen. Das war beruhigend. Bedeutete das ja, dass es hier im Polizeipräsidium kein Leck gab.

Aus seinem Fax-Gerät fiel ein Blatt Papier. Die Kollegen aus der KTU hatten schnell gearbeitet. Vor ihm lag das Portrait des Toten. Kommissar Rhode befragte das Personenregister. Von Wüstrow war nicht gelistet, bzw. er hatte keinen dienstlichen Eintrag. Die erweiterte Suche im Internet gab allerdings ein paar interessante Hinweise und ein paar Photographien.

Das Opfer war Mitglied im Karnevalsverein Mascherode, im Lions Club und unterstützte die Stiftung Braunschweiger Kulturbesitz, und auf einem der Fotos sah man ihn gemeinsam mit „Nachtwächter Kuno". Aha, also diese Verbindung war eindeutig! Thomas Rhode war auf der richtigen Spur.

Zunächst galt es jedoch, die Berichtsakte sorgfältig zu studieren: Zeitpunkt des Todes, Auswertung aller Spuren in der Scheune und auf dem Gelände. Außerdem die Befragung der einzigen Zeugin, die zwar nicht die Tat beobachtet hatte, aber eben die noch warme, um nicht zu sagen, noch blutende Leiche gefunden hatte. Thomas Rhode war keineswegs naiv. Auf Grund der Nähe zum Tatzeitpunkt kam sie ebenfalls als Verdächtige in Frage. Dennoch hatte er sie zunächst gehen lassen. Zum einen hielt er diesen Verdacht nicht für sehr wahrscheinlich, zum anderen hatte er gleich veranlasst, dass sie beobachtet wurde. Das war die sicherste Methode, jemanden zu überführen, wenn er sich sicher fühlte und dann Schritte unternahm, um sich abzusichern.

Thomas Rhode schlug die Akte auf. Die Fotos überging er zunächst. Er hatte sich alles gut eingeprägt. Die Zeichnung von dem Toten würden sie bald um Fotos ergänzen können, jetzt wo sie seine Identität kannten.

Neben den Daten aus dem Personalausweis standen noch die Daten aus dem Bürgerschaftsregister. Also, der Kurt Henning war geschieden und hatte eine Tochter.

„Sind Sie von allen guten Geistern verlassen?!" Chefredakteur Gaus hatte eigentlich losbrüllen wollen, musste sich aber zurücknehmen. Zum einen, weil er an seinen Blutdruck dachte, zum anderen, weil er vor dem Chefreporter eine Nummer abziehen sollte, von der er nicht überzeugt war. Nick Nolte war zu ihm gekommen, weil Illona Althuesmann den Aufmacher ohne Rücksprache geschmissen hatte und den Vorbericht über den Schoduvel ersatzlos gestrichen hatte.

Nick Nolte hatte die Hände in die Hüften gestemmt. Sein blonder Haarschopf war zerzaust, was kein Ausdruck dessen war, wie sehr er sich die Haare gerauft hatte, sondern es war sein persönlicher Mode-Tick. Jeden Morgen machte er sich sein Haar besonders strubbelig. Das sollte wohl ausdrücken, wie ungeheuer wirr seine Gedanken waren und wie viele von ihnen er gleichzeitig in seinem Geiste bewegte.

Er hätte selbst ein persönliches Gespräch mit Illona Althuesmann suchen können, hatte es aber vorgezogen, diese Auseinandersetzung dem Chefredakteur zu überlassen: Illona Althuesmann wusste warum.

Illona Althuesmann blieb gelassen. Sie hätte sauer sein können, weil dieser Nick Nolte ihr ans Bein gepisst hatte, aber jetzt kam die Gelegenheit, das kleine Großmaul vorzuführen, und wenn es nur vor ihm selber war.

„Chef", Illona Althuesmann schaute den Chefredakteur mit ausgesuchter Unschuldsmine an. „Sie haben ja so Recht, ich war von allen guten Geistern verlassen. Niemand war mehr in der Redaktion, als der Pförtner den Anruf durchstellte. Der Chefreporter war weg, der Chefredakteur war weg. Die Kollegen waren schon zu Hause und auch die gute Seele, das Fräulein Degenhardt, saß nicht mehr auf Ihrem ...."

Jetzt funkelte sie ihren Chef böse an. Schoß wollte sie sagen, verkniff es sich aber und fuhr fort. „Platz." Chefredakteur Gaus trat einen Schritt zurück. Bevor er etwas erwidern konnte, fuhr Illona Althuesmann fort. „Das ganze Magniviertel war in Aufruhr, nur die renommierte Zeitung hätte beinahe aus lauter Rücksichtsnahme auf die Bevölkerung", Illona Althuesmann unterbrach sich erneut, zog eine Augenbraue hoch und trat einen Schritt auf ihren Chef zu, „vergessen, dass einer ihrer Mitbürger, ein gewisser Till Eulenspiegel, ermordet worden war. – Ungefähr wie im Mittelalter. – Das hätte doch der kleinen Internetzeitung „Rundum 38" prima gefallen." Sie drehte sich um und ging zum Fenster. Der Blick aus dem zwölften Stock auf den Altstadtmarkt war großartig. „Ganz abgesehen von Radio Schunterwelle ... Chef! Der Vorbericht zum Schoduvel ist in der Tonne und das ist gut so. Stellen Sie sich mal vor, wir hätten ihn unverändert gebracht, obwohl einer der Protagonisten schon tot war, frisch ermordet. Alle hätten gesagt, ah, die Zeitung, die haben wieder einmal ... ", dabei schaute sie ihren Intimfeind Nick Nolte vielsagend an, „auf dem Baum geschlafen und zwar auf dem höchsten der Stadt."

Chefredakteur Gaus atmete durch: „Schon gut, schon gut! Sie haben ja Recht. Aber wäre es nicht richtig gewesen, mich oder Herrn Nolte zuvor ins Bild zu setzen?"

Illona Althuesmann setzte einen besonders treuherzigen Gesichtsausdruck auf. „Oh ja Chef, ganz gewiss, nur – die Druckplatten waren schon fertig, und ich hätte sonst die Maschine anhalten lassen müssen."

Der Chefredakteur wandte sich seinem Chefreporter zu. „Da hat Frau Althuesmann zweifellos Recht. Das Anhalten der Druckmaschine wäre viel teurer geworden, die ganze Makulatur und so." Nick Nolte schaute jetzt noch verwirrter drein, als er ohnehin war. Seit wann kümmerte sich der Chef um Makulatur? Das war ihm doch sonst schei... Er dachte den Gedanken nicht zu Ende.

„Du, Mucki, was Neues von deinem Freund!" Edith Kolmar war ganz aufgeregt. Sie wedelte mit der Zeitung in der Hand. Gerwin Kolmar hatte schon ihre Absätze auf der Treppe gehört. Die schnellen Schritte verrieten ihm, dass etwas passiert sein musste. „Hier". Edith legte ihm die Zeitung mitten auf seinen Schreibtisch. „Toter im Reitlingstal – Kuno der Nachtwächter verhaftet". Gerwin Kolmar rührte sich nicht. Für einen Augenblick war er ganz starr. Er konnte es nicht glauben. Nein, vielmehr: Er war vollkommen geschockt! Einverstanden, der Seutemeel und er waren nicht unbedingt Freunde – aber das hier ging weit über das hinaus, was er erwartet hatte. Der Mann war eigensinnig und in seiner Art einzigartig, aber ein Mörder? Gerwin Kolmar hielt sich mit beiden Händen am Schreibtisch fest und atmete tief, tief in den Bauch, so wie es ihm sein Physiotherapeut beigebracht hatte. Seinen ersten Herzinfarkt hatte er hinter sich, und seitdem, so sagte sein Physiotherapeut, war zu viel Aufregung Gift für ihn.

„Er ist nicht mein Freund!", sagte er langsam. Dann schob er seinen Bürostuhl zurück und stand auf. Er ging zum Fenster und blickte auf die Bäume der Allee unter seinem Fenster. Edith trat neben ihn. Er nahm ihre Hand. „Ich glaube das nicht", sagte er. „Und wenn es wahr ist?" Edith war dicht neben ihm. „Wenn es wahr ist ...", Gerwin Kolmar machte eine Pause. „Wenn es wahr ist, dann ist da was nicht in Ordnung. Dann ist es, glaube ich, viel schlimmer, als wir uns vorstellen können." Edith wartete. „Was meinst du?" „Dann ist der Seutemeel entweder schwer krank und keiner hat es rechtzeitig gemerkt oder es gibt eine Geschichte, mit dem Wüstrow, die so mies ist, wie man es dem Wüstrow nicht zugetraut hat." „Du meinst, die hatten Streit?" Gerwin Kolmar trat jetzt wieder vom Fenster zurück. „Vielleicht hatte ihre

Abneigung gar nichts mit ihren Rollenspielen ‚Till gegen Kuno' zu tun."

Gerwin Kolmar ging zurück zu seinem Schreibtisch und nahm die Zeitung erneut in die Hand. Aha, der Stukke war dabei gewesen und der Gronke ebenfalls. Offenbar die ganze Clique aus der Brunsviga-Bruderschaft. Na, den Stukke würde er mal anrufen. Vielleicht wusste der noch mehr?

Kommissar Rhode stieg die letzten Stufen der steinernen Treppe empor. Da konnte man schon außer Atem geraten, wenn man in diesen hohen Altbauhäusern bis in den dritten Stock zu Fuß hinauf musste. Er fragte sich, wie es dem Herrn von Wüstrow mit seinen 74 Jahren gegangen war, wenn er geschätzt zumindest einmal am Tag hinunter und wieder hinauf musste. Allein um die Post unten aus einem der Briefkästen zu holen. Der Briefkasten mit dem Namensschild des Opfers war übervoll gewesen. Er hatte ihn geöffnet und eine Zeitschrift und die Briefe entnommen. Die KTU hatte offensichtlich nicht daran gedacht.

Die Tür oben stand offen, und er hörte die Kollegen drinnen. Da dies kein Tatort war und sie zunächst nur weiterführende Erkenntnisse sammeln mussten, wurde erstmal nur fotografiert, damit der ursprüngliche Zustand immer wieder nachvollziehbar und ggfs. wieder herstellbar war. Es gab schließlich Erben, und die hatten Ansprüche. Außerdem gab der Zustand der Wohnung, wie das Opfer sie verlassen hatte, am ehesten Auskunft darüber, in welcher seelischen Verfassung es gewesen sein musste und auch darüber, was für ein Typ er war in Bezug auf Ordnung und Vorlieben.

Thomas Rhode blieb die Luft weg. Sein Atem hatte sich zwar inzwischen wieder beruhigt, aber was er beim Betreten der Wohnung sah, raubte ihm denselben erneut. Die meisten Häuser im Madamenweg waren in keinem guten Zustand, alt und ungepflegt. Ein Teil der kleinen Läden war geschlossen. Die wenigen Altbauhäuser, die hier und da dazwischen standen, waren seit Jahren nicht renoviert worden. Und auch dieses Haus machte einen ärmlichen, heruntergekommenen Eindruck. Die Wohnungstüren waren braun, hatten gelbliche Milchglasfenster mit metallenen Einfassungen. An manchen Schlössern konnte man Kratzer erkennen, was vom Gebrauch kommen konnte, aber auch ältere Einbruchsspuren sein konnten. In diesem Punkt war er ganz Kommissar. Die Wohnungstür, durch die er gerade hineingegangen war, besaß außen zwei flache Sicherheitsschlösser. Sonst unterschied sich die Tür in nichts von den anderen. Der Flur hingegen, der sich jetzt vor im öffnete, sah aus wie in einem der großen amerikanischen Filme aus dem Hollywood der fünfziger Jahre. Die hohen Türdurchgänge waren weiß gerahmt und die Wände in einem warm gelben Ton gestrichen. Gleich zur Rechten war eine großzügige Garderobe, daneben offenbar eine Gästetoilette. Von einer stuckgefassten Decke hingen messinggefasste Lampen. Als er das Wohnzimmer am Ende des Flures betrat, blickte er auf bodenlange Brokatvorhänge, die die hohen doppelflügeligen Fenster einrahmten und die von großen Kristalllüstern beleuchtet wurden. Zur Linken fiel sein Blick auf einen braunen, polierten Konzertflügel, während zur Rechten großzügige Ledersessel und Sofas zum Ausruhen einluden. An der hinteren Wand ein weißer Kamin, der augenscheinlich noch in Betrieb war und an der rechten rückwärtigen Wand in guter Sichtweite von der Sitzgruppe hing ein überdimensionaler Flachbildschirm. Nicht irgendein Bildschirm, sondern einer, der wie ein wertvolles Gemälde in einen Rahmen eingefasst war.

Thomas Rhode war verblüfft. Er hatte mit allem gerechnet, aber nicht damit, ausgerechnet in einem dieser Häuser eine solche „Pracht" vorzufinden. In seinem Hinterkopf stieg ein mögliches Motiv für einen Mord auf: Reichtum, Geld, Neid. Er schob den Gedanken zunächst beiseite. Er war an das rückwärtige Fenster getreten und blickte nach draußen. Gegenüber lag in einiger Entfernung ein anderes Haus, unten sah er auf einen Garagenhof und ein paar Stellplätze. Im Gegensatz zu dieser Wohnung erschien auch der Hinterhof etwas heruntergekommen, aber durchaus sauber. Thomas Rhode drehte sich wieder um und begann langsam durch die Räume zu gehen. Er beobachtete die Kollegen von der KTU, die begonnen hatten, Schränke und Schubladen zu öffnen, zu untersuchen und dann wieder zu schließen. Zwischendurch machten sie immer wieder Fotos. Vereinzelt wurde ein Gegenstand entnommen und in eine Plastiktüte gesteckt. Das meiste würde nicht von Bedeutung sein, aber es kam darauf an, ob man Verbindungen zu anderen Personen herstellen konnte. Wichtig waren natürlich das Schlafzimmer und das Bad. Speziell wurden der Nachttisch und der Spiegelschrank untersucht, weil in den meisten Fällen dort die Medikamente lagerten, und im Falle eines 74 Jährigen konnte man davon ausgehen, dass er regelmäßig Medikamente einnehmen musste.

Er betrat die Bibliothek, ein Raum mit wandhohen Bücherregalen mit einem kleinen Schreibtisch zur linken Hand an der Fensterseite. Zur Rechten, mit Blick ebenfalls zum Fenster, stand ein großzügiger Ohrensessel, neben dem ein Beistelltisch und eine messingfarbene Stehlampe standen. Sein Blick fiel zunächst auf den Schreibtisch. Darauf lag ein Laptop. Daneben ein Notizblock und ein Halter mit Stiften. Der Drucker stand separat auf einer kleinen Kommode. ‚Standard', dachte Thomas Rhode. ‚Aber gute Qualität.' Viel interessanter erschien ihm der Sessel mit dem Beistelltisch. Geradezu liebevoll dekoriert standen dort eine Vase mit frischen Blumen und ein Fotorahmen. Es waren rote Moosröschen. Das Foto zeigte eine junge Frau. Zunächst nahm Thomas Rhode an, dass diese Frau die verstorbene Ehefrau des Opfers sein musste. Das Foto war schwarz/weiß und der Bilderrahmen war silbern mit einem Muster, das eher antik anmutete. Bei genauerer Betrachtung kam ihm die Frau auf dem Bild plötzlich bekannt vor. Dann fiel es ihm wie Schuppen von den Augen. Diese junge Frau war die Zeugin, die den Ermordeten gefunden hatte – Elisabeth Funke!

Die Tür zu seinem Büro öffnete sich. Kommissar Rhode sah kurz vom Schreibtisch auf. Kriminalassistentin Regina Holtzbrink trat ein und kam direkt auf den Schreibtisch zu. „Moin, Chef! – Hier, alles über den Wüstrow." Damit legte sie eine dünne blaue Mappe auf die Schreibunterlage. Kommissar Rhode nahm die Akte sofort in die Hand. „Was Auffälliges?" Langsam zog er die Verschlussgummis auf. „Die beiden kannten sich." Kommissar Rhode blickte erwartungsvoll. „Beide waren stadtbekannt. Der eine geht als Nachtwächter, der andere ging als Till Eulenspiegel durch die Stadt." Der Kommissar nahm die erste Seite auf und begann zu lesen. „Der Seutemeel hat den Wüstrow mal verklagt, weil dieser angeblich seine Zuhörer für die historischen Stadtführungen, die beide anbieten, abgeworben habe. Die Klage wurde allerdings abgewiesen." Thomas Rhode nickte. „Es gab noch einen zweiten Vorfall. Der Wüstrow hat den Seutemeel einmal angezeigt, weil der ihn angeblich bei einer Begegnung bei den Führungen im Dunkeln mit seiner Hellebarde bedroht haben soll." „Das trau ich ihm glatt zu", antwortete der Kommissar. „Danke!" Er vertiefte sich weiter in die Unterlage. Regina Holtzbrink drehte sich um und verschwand durch die Tür.

Die Fingerabdrücke auf der Tatwaffe gaben dem Kommissar Rätsel auf. Das Opfer hatte die Waffe ganz offensichtlich in der Hand gehalten, außerdem der vermeintliche Täter und eine dritte Person. Hier lagen die Fingerabrücke aber so weit auseinander, dass man kaum daraus schließen konnte, wie sie benutzt worden war. Außerdem fand sich diese dritte Person nicht in der Datenbank. So kam er nicht weiter.

„Ach, Chef!", die Tür zum Büro war wieder aufgesprungen. „Hätte ich fast vergessen, - hier die Liste von den Pächtern und der Name des Eigentümers des Hofes. Hatte ich Ihnen zwar an die Mail gehängt, aber zum Nacharbeiten ist es so besser." Regina Holtzbrink lächelte ihn an. „So wie ich das sehe, brauchen wir die alle hier – wegen der Fingerabdrücke." „Gute Idee, übernehmen Sie das." Kommissar Rhode nickte anerkennend. Das war zwar Routine, aber eben unerlässlich. Wie im Fall des Verdächtigen ging es nicht darum, wie wahrscheinlich es war, dass unter dieser Gruppe eine weitere verdächtige Person war, sondern dass diese Gruppe Zugang zum Tatort hatte und somit als Zeuge in Frage kam zumindest, damit das Tatgeschehen genauer eingegrenzt werden konnte. Die Fingerabdrücke und die Alibis dienten eher zur Entlastung der Betreffenden, aber in jedem Fall gehörten sie zur „Pflichtaufgabe".

„Der Eigentümer ist ein Ulrich Kronbichler. Dem gehören auch ein paar Waldstücke im Elm. Er ist fast achtzig und lebt mit seiner Frau in Königslutter. Vielleicht sollte ich da besser hinfahren? Die anderen bestelle ich ein." „Ja, machen Sie das. Erst mal die routinemäßige Abfrage, dann kann man immer noch einen zweiten Termin machen. Ach ja, an die Presse kein Wort, vom Täter fehlt jede Spur. Ich versuche mal die Frau Althuesmann zu erwischen. Die muss ihre Infos ja von irgendwo her haben."

„So kommt der Stein ins Rollen", dachte er. Es gab Fingerabdrücke einer dritten Person! Wenn er diese Person fand und sie ausschließen konnte, dann kam der Seutemeel nicht mehr davon.

„Was man sich hier alles gefallen lassen muss! Reinste Stasimethoden! Wenn ich diesen Kommissar in die Finger kriege …!" Die Stimme draußen vor dem Verhörraum überschlug sich, was durch das Hallen auf dem Gang noch verstärkt wurde. Ein sonorer Bass mischte sich ein. „Immer mit der Ruhe, Herr Seutemeel. Wir werden das regeln. Dafür bin ich ja heute hier." „Regeln?!" Die Stimme wurde lauter und überschlug sich erneut. „Regeln, was heißt hier regeln? Ich saß einen Tag unschuldig im Gefängnis. Ich fordere Schadensersatz, juristisch und zivil! Und dieser unverschämte Polizist, den werde ich verklagen. Fertig machen werde ich den! Wenn ich mit dem fertig bin … " „Herr Seutemeel, bitte. Das hier ist ein Haftprüfungstermin, und es wird sich alles aufklären." „Der soll bluten! Der hat meinen Ruf ruiniert! Was soll denn die Stadt über mich denken?" „Herr Seutemeel, seien Sie gewiss, wir werden das regeln, aber dafür müssen Sie jetzt ganz ruhig werden. Sie haben ja alles versucht, um den Fall aufzuklären, aber man hat Ihnen keine Möglichkeit eingeräumt. Verstehen wir uns?" „Was habe ich? Einen Dreck habe ich. Diesem Pisser werde ich doch nicht auch noch helfen!"

Mit diesen Worten hatte sich die Tür zum Verhörraum geöffnet und die Anwesenden starrten die beiden Personen an, die herein traten. Der Staatsanwalt, die Ermittlungsrichterin, eine Protokollantin und Kommissar Rhode, der sich eigentlich nur als Zeuge zur Verfügung hielt. „Schuman, ich bin der Anwalt von Herrn Seutemeel. Mein Mandant." Mit diesen Worten schob er den Bezeichneten vor und wies ihn an, auf dem Stuhl in der Mitte des Tisches Platz zu nehmen. Der „Mandant" trug keine Handschellen, weil der Anwalt zuvor versichert hatte, dass keinerlei Fluchtgefahr bestehe. Die beiden Polizisten, die Anwalt und Mandanten begleitet hatten, waren vor der Tür stehen geblieben.

Frank Seutemeel blickte verstört um sich. Aus irgendeinem Grunde war er davon ausgegangen, dass der Anwalt ihn geradewegs in die Freiheit führen werde. Er hatte ja auch keine Handschellen an. Dass ihn hier fremde Menschen beurteilen würden, befremdete ihn zutiefst.

„Leider hat sich Herr Seutemeel von Anfang an genauso unkooperativ verhalten, wie wir es soeben erlebt haben", ergriff Kommissar Rhode das Wort. Die Ermittlungsrichterin hob abwehrend eine Hand. „Lassen Sie uns bitte das Verfahren formell korrekt durchführen." Die Beteiligten nickten. „Herr Kommissar, wenn Sie bitte so lange draußen warten würden, bis wir Sie benötigen." Thomas Rhode nickte kurz und verschwand nach draußen. Die Richterin fuhr fort: „Herr Frank Seutemeel, geboren am 28.08.1948 in Braunschweig?" Frank Seutemeel blickte starr an die gegenüberliegende Wand. „Herr Seutemeel hat mich gebeten, ihn zu vertreten. Er steht auf Grund der Vorgänge immer noch unter Schock. Daher erlaube ich mir, in seinem Namen zu antworten." Rechtsanwalt Schuman hielt inne und blickte seinen Mandanten an. Die Ermittlungsrichterin nickte. „Herr Seutemeel, Ihnen wird vorgeworfen, am 11.11. 2019 den Braunschweiger Bürger Kurt Henning von Wüstrow mit Ihrer Hellebarde, die Sie für Ihre Stadtführungen als „Kuno der Nachtwächter" einsetzen, niedergestochen zu haben. Möchten Sie sich hierzu äußern?"

Frank Seutemeel alias Kuno der Nachtwächter gab keine Antwort. Er starrte auf die Wand. Rechtsanwalt Schuman räusperte sich. „Ja, Herr Anwalt?" Die Richterin wendete sich dem Rechtsanwalt zu. „Wie ich bereits sagte, mein Mandant steht unter Schock. Daher beantrage ich Haftverschonung auf Grund des akuten Krankheitszustandes meines Mandanten." „Oaahr!" ließ sich Frank Seutemeel alias Kuno der Nachtwächter vernehmen. „Ich bin nicht krank, das fehlt noch! Wenn hier jemand krank ist, dann ... " Die Ermittlungsrichterin zog die Augenbrauen nach oben. „Herr Seutemeel, ich rufe Sie zur Ordnung!" Sie unterließ es, den Hammer, der vor ihr auf dem Tisch lag, zu benutzen. Frank Seutemeel verstummte, grummelte etwas vor sich hin und schwieg. Die Richterin nickte dem Staatsanwalt zu. „Sehr geehrte Vorsitzende, sehr geehrte Anwesende." Der Staatsanwalt nutzte die Situation für sich, in dem er im Gegensatz zur Verteidigung die Formalitäten der Verhandlung einhielt und sofort die wesentlichen Argumente vortrug. „Der hier anwesende Frank Seutemeel alias Kuno der Nachtwächter steht im dringenden Tatverdacht, am 11.11. 2019 den Herrn Kurt Henning von Wüstrow mit seiner zuvor als gestohlenen gemeldeten Hellebarde getötet zu haben. Die Beweise liegen dem Gericht vor, neben den Fotos vom Tatort weist die Waffe ausschließlich die Fingerabdrücke des Herrn Frank Seutemeel auf, daneben die des Opfers und einer unbekannten Person. Einige davon sind so frisch, dass sie vom 11.11. 2019 stammen können. Der Tatverdächtige hat zudem kein Alibi für die Tatzeit und verweigert jegliche Mitarbeit, die zur Aufklärung des Falles beitragen könnte."

„Das hat er ja soeben lautstark bestätigt", stellte die Richterin fest. „Euer Ehren, die Bemerkung meines Mandanten fiel außerhalb der Verhandlung." Rechtsanwalt Schuman war aufgesprungen. „Herr Seutemeel, wollen Sie sich jetzt äußern?" Die Richterin sprach sehr eindringlich. Alle Blicke richteten sich auf den Verdächtigen. Frank Seutemeel alias Kuno der Nachtwächter zuckte mit den Schultern. Rechtsanwalt Schuman ergriff das Wort erneut: „Mein Mandant fühlt sich vorverurteilt, daher will er sich nicht äußern." „Sie dürfen sich wieder setzen, Herr Schuman", die Richterin mahnte jetzt freundlich.

„Euer Ehren", der Staatsanwalt schob der Richterin ein Foto über den Tisch zu. „Auf diesem Bild können Sie unschwer erkennen, dass der Beschuldigte und das Opfer miteinander bekannt waren." Das Foto zeigte Kuno den Nachtwächter und Kurt Henning von Wüstrow alias Till Eugenspiegel beide in vollem Ornat. Im Hintergrund sah man das Altstadtrathaus. Beide schauten ernst in die Kamera. „Zwei Söhne unserer Stadt", lautete die Bildunterschrift.

Frank Seutemeel sprang auf: „Das war nur für die Presse!" schnaubte er. „Ansonsten habe ich mit dem Kerl nichts zu tun. – Wichtigtuer", schob er nach. „Herr Seutemeel, setzen Sie sich!" Diesmal reagierte die Richterin energisch. „Sie ...!" Frank Seutemeel wollte wieder lautstark reagieren, aber Rechtsanwalt Schuman ging dazwischen und zog seinen Mandanten zurück auf den Sitz.

„Es ist allgemein bekannt", fuhr der Staatsanwalt jetzt fort, „dass Herr Seutemeel und Herr von Wüstrow kein gutes Verhältnis zueinander hatten und dass Herr Seutemeel den Herrn von Wüstrow bereits einmal mit seiner Hellebarde bedroht hat."

„Stimmt das, Herr Seutemeel?" Die Richterin wandte sich dem Verdächtigen zu. Frank Seutemeel verschränkte die Arme und zog die Schultern hoch. Er funkelte die Richterin an. Rechtsanwalt Schuman sprang ein. „Genau das meint mein Mandant mit ‚vorverurteilt'. Es gibt keinerlei Beweise für diese Handlung."

„Es gibt eine Reihe von Zeugen", warf der Staatsanwalt ein, unter anderem ..." „Das ist fast zehn Jahre her", blaffte der Verdächtige, „alles Vorverurteilung!" Rechtsanwalt Schuman versuchte weiter vergeblich, seinen Mandanten zu beruhigen.

„Chef, ich glaube, ich hab was!" Regina Holtzbrink saß vorgebeugt an ihrem Schreibtisch und scrollte ein Schriftstück am Laptop des Opfers rauf und runter. Der Laptop war nicht verschlüsselt gewesen, und so konnte sie ihn umgehend durchsuchen, um gegebenenfalls Hinweise auf den Mord oder zumindest Daten zu finden, die in Zusammenhang damit gebracht werden konnten.

Thomas Rhode trat hinter sie. Regina Holtzbrink las vor: „Liebe Ingeborg, leider konnte ich dich vorhin nicht erreichen. Daher auf diesem Weg das Folgende. Vorhin draußen am Biberacher Busch musste ich leider mit ansehen, wie dein Alvin und deine Freundin Katharina sehr vertraut miteinander waren. Die Situation war eindeutig. Ich wollte nur, dass du es rechtzeitig vor eurer Besprechung heute Nachmittag erfährst, und du weißt ja, ich habe kein WhatsApp. Dein Vater."

Thomas Rhode trat zurück. „Hatten wir die Frau von Wüstrow schon hier, wegen der Fingerabdrücke?" Regina Holtzbrink schüttelte den Kopf. „Und den Peuckert?" „Nee Chef, die von Wüstrow kommt morgen und den Peukert habe ich bis jetzt nicht erreicht. Thomas Rhode horchte auf. „Bis heute nicht erreicht? Sofort rausfahren, Vorladung, Fahndung, das ganze Programm. Sonst noch was?" Regina Holtzbrink schüttelte den Kopf. „Mh, mh, nur kommerzieller Schriftverkehr, eine Beschwerde an Amazon, weil der Bote nicht geklingelt hatte, sondern das Paket im Erdgeschoß ins Treppenhaus gelegt hat. Sonst nichts, was uns weiter hilft."

Nach dem Auftritt im Haftprüfungstermin war klar, dass der Seutemeel in U-Haft blieb. Rechtsanwalt Schuman hatte zwar Recht, dass vermutlich keine Fluchtgefahr bei Seutemeel bestand, aber seine impulsive Art hatte die Richterin doch beeindruckt. Vor allem die Drohungen gegen den Kommissar, den sie gar nicht erst wieder in den Verhörraum gerufen hatte, solange der Herr Seutemeel persönlich anwesend war. Dennoch hatte der Kommissar das Gefühl, dass es noch etwas anderes geben könnte, und nach der E-Mail, die seine Kollegin soeben vorgelesen hatte, war ihm klar, dass er unbedingt den Besitzer der noch nicht identifizierten Fingerabdrücke auf der Hellebarde finden musste, und Alvin Peuckert stand nun mal auf der Liste.

Ingeborg von Wüstrow schien gefasst. Dunkle Ränder unter ihren Augen zeigten, dass sie in den letzten Nächten nicht oder wenig geschlafen hatte. Die Augen waren leicht verquollen. Es schien, als habe sie viel geweint. Sie saß vollkommen regungslos am Tisch. ‚Offenbar die Einzige, der der Tod des Opfers nahe geht', dachte Kriminalassistentin Holtzbrink. Sie ging hinaus auf den Flur, zog einen Becher aus dem Halter unter dem Wasserspender neben der Tür und füllte ihn mit Wasser.

„Wir brauchen Ihre Fingerabdrücke." Sie stellte den Becher vor die Zeugin, die sofort einen Schluck nahm. Ingeborg von Wüstrow nickte und ließ dann alles willenlos geschehen. Wenige Minuten später war alles vorbereitet und die Vernehmung konnte beginnen.

Regina Holtzbrink war erstaunt, wie einfühlsam Thomas Rhode sein konnte. Er hatte wohl sofort erkannt, dass dort ein Mensch saß, der schwer angeschlagen war, und dass man neben der Tatsache, dass man ihn schonen musste, nichts erreichen würde, wenn man mehr oder weniger rücksichtslos auf sein Ziel zusteuern würde.

Auf den ersten Blick erschien Ingeborg von Wüstrow als zarte Person. Der Blick auf ihre Hände verriet Thomas Rhode jedoch, dass sie kräftig zupacken konnte. ‚Reiterhände', dachte er. „Es tut mir sehr leid, dass ich sie herbitten muss, Frau von Wüstrow, aber wir müssen allen Möglichkeiten nachgehen und ich denke, es ist in Ihrem Sinne, dass wir alles genau aufklären." Ingeborg von Wüstrow schaute ihn zum ersten Mal an und nickte leise. „Wir gehen im Augenblick von einem Unfall aus, also betrachten Sie Ihren Beitrag heute als Hilfestellung für uns." Ingeborg von Wüstrow nickte wieder. Dass er von einem Unfall gesprochen hatte, war natürlich Kalkül gewesen. Damit reduzierte sich der Druck auf die Befragte.

„Wo waren Sie am 11. November?" „Ich arbeite im Sozialkaufhaus in Volkmarode, ehrenamtlich, und am Montag war ich da. Und abends war ich bei meinem Freund." „Ab wann?" Die Frage hörte sich rein routinemäßig an. „Ab acht etwa, aber er war noch nicht da." „Wann ist er gekommen?" „Ich glaube, es war so halb zehn." ‚Ein Alibi, ein schlechtes Alibi', dachte Thomas Rhode bei sich. Aber genau deshalb erschien es ihm glaubhaft.

„Wie heißt Ihr Freund?" Die Befragte antwortete ruhig. Sie schien nicht im Geringsten auf den Gedanken zu kommen, dass die Polizei schon längst alle Gegebenheiten und Hintergründe durchleuchtet hatte. „Peukert, Alvin Peukert. Wir kennen uns aus dem Reit- und Fahrverein." Thomas Rhode verstärkte jetzt: „Können Sie mir die Anschrift und die Telefonnummer geben?" Ingeborg von Wüstrow wusste beides auswendig. Ein weiteres Indiz dafür, dass sie die Wahrheit sagte. „ ... und am 12. November?" Der Kommissar schaute seine Gesprächspartnerin nicht an. „Ich bin über Nacht geblieben", antwortete sie fast tonlos.

Kommissar Rhode ließ jetzt etwas Zeit vergehen. Er wollte die Befragte nicht weiter belasten. Wenn sie jetzt noch etwas sagen würde, wäre es womöglich hoch interessant. Ingeborg von Wüstrow blieb jedoch ruhig. Kommissar Rhode machte sich noch ein paar Notizen. Nach einer guten Minute blickte er Ingeborg von Wüstrow an. „Frau von Wüstrow, Sie haben mir sehr geholfen. Für heute ist es genug." „Kann ich gehen?" Ingeborg von Wüstrow schaute ihn an. Der Kommissar nickte: „Frau Holtzbrink begleitet Sie nach draußen."

Als die Tür sich schloss, hatte Thomas Rhode das Gefühl, dass er auf etwas gestoßen war. Aber es war noch zu früh, Schlüsse zu ziehen.

„Ist die Hellebarde beschädigt?" Frank Seutemeel hielt eines der Fotos hoch, die Kommissar Rhode ihm vorgelegt hatte. Thomas Rhode blieb fast die Luft weg. Da lagen die scheußlichsten Tatortfotos auf dem Tisch und dieser Verdächtigte sorgte sich um den Zustand seines Schauspielergerätes, oder wie man das auch immer bezeichnen konnte. War diesem Idioten denn gar nicht klar, dass sich die Schlinge um seinen Hals immer enger zog, und dass es hier nicht um etwaige Reparaturaufwendungen ging. „Kennen Sie diesen Gegenstand?" ‚Klare Frage, klare Antwort', dachte Thomas Rhode. „Meine Güte, bin ich froh, dass Sie die wiedergefunden haben!" Frank Seutemeel legte das Foto langsam zurück auf den Tisch. „Ist sie beschädigt?" Thomas Rhode zog die Augenbrauen zusammen. „Kennen Sie diesen Gegenstand?" wiederholte er monoton. „Deshalb sind wir ja wohl hier", antwortete der Angesprochene jetzt spitz. „Sie wollen mir was anhängen, weil Sie keinen anderen haben, und jetzt zeigen Sie mir ein Bild von meinem Werkzeug, von dem Sie genau wissen, dass es mir gehört. Pöh!" Er machte eine wegwerfende Handbewegung. „So nageln Sie mich nicht fest."

„Wo waren Sie am 11.11. am Vormittag?" Klare Frage, klare Antwort, nur bei dieser Frage klappte das mit der klaren Antwort häufig nicht, wusste der Kommissar. „Ich habe keine Ahnung", antwortete der Beschuldigte nun ganz versonnen. Er betrachtete die weiteren Fotos, nahm sie in die Hand, drehte das eine oder andere hin und her. Nahm es dann nahe ans Auge und prüfte offenbar etwas. „Scheint ja alles in Ordnung zu sein. Ist aber auch stabiles Gerät. Echte Wertarbeit!" Frank Seutemeel machte den Eindruck, als sei er zufrieden. „Kennen Sie den Mann auf dem Foto?" sprang Thomas Rhode jetzt ein. „Ach der Kurt? Ja, sieht natürlich aus wie echt, aber was für ´ne Sauerei, Machen Sie den auch wieder sauber?" „Wo waren

Sie am 11.11. am Vormittag?" Der Ton des Kommissars wurde schärfer. Frank Seutemeel war immer noch in die Betrachtung der Bilder versunken. Dann blickte er den Kommissar an, zog die Augenbrauen zusammen, als müsse er sich genau konzentrieren und meinte dann: „Am Oelften, Oelften, Herr Kommissar?", Frank Seutemeel ließ sich Zeit. Das Bild mit der Hellebarde war offensichtlich wichtiger. „Zu Hause, meine Frau war unterwegs", ergänzter er dann. Der Kommissar nahm ihm die Bilder wieder weg. „D. h. Sie haben keine Zeugen?" fuhr der Kommissar fort. „Sie können aber sicher belegen, was Sie an dem Tag nachmittags und abends gemacht haben?" Diesmal schien Frank Seutemeel wieder konzentriert. „Ich war auf einer Sitzung der Brunsviga Bruderschaft." „Karneval?", warf der Kommissar ein. „Um Himmelswillen! Herr Kommissar, wo denken Sie hin. Die Bruderschaft ..." „Schon gut", unterbrach der Kommissar. „Wo war das?" „Wie immer, im „Grünen Jäger". – Er sinnierte einen Augenblick: „Karneval, der Stukke vielleicht, aber die Bruderschaft ...." Der Kommissar ging erneut dazwischen: „Bis wann ging die Sitzung?" „Hmh, keine Ahnung, ich bin etwas eher gegangen, so um sechs, halb sieben?" „Wo waren Sie dann?", Kommissar Rhode hakte nach. „Na, bin noch ein bisschen rumgefahren, und dann nach Hause." „Ihre Frau kann das bezeugen?" „Die schlief schon, als ich nach Hause kam."

Der Kommissar betrachtete den Beschuldigten. Der Ausdruck seiner Augen wurde berechnend. „Sie haben mir also soeben bestätigt, dass Sie für den Freitagvormittag und auch für den Abend kein Alibi haben." Er sprach betont gelassen und tat so, als mache er sich entsprechende Notizen. Frank Seutemeel schreckte hoch. „Sie wollen mich wohl reinlegen! Aber da mache ich nicht mit!" Er war aufgesprungen und hielt jetzt die Tischplatte mit beiden Händen.

Der Kommissar antwortete nicht, winkte dem Wachbeamten zu, stand auf und verließ der Verhörraum. Er hatte, was er wollte. Hinter ihm blieb es ruhig.

„Du bist meine Freundin!" Ingeborg von Wüstrow war in tiefer Verzweiflung. Katharina Teichert schluckte. Sie blickte Ingeborg von Wüstrow an. Sie fühlte sich schuldig. Es gab keine Entschuldigung. Das einzige, was es gab, war, jetzt ehrlich zu sein. Sie war bereit, sich dem zu stellen, was Ingeborg von Wüstrow ihr entgegenbrachte. Sich stellen, ehrlich sein, kein Ausweichen, keine Beschönigung, einfach sagen, wie es gewesen war.

Die Nachricht von ihrem Vater, die er wenige Tage vor seinem Tode versendet hatte, hatte Ingeborg von Wüstrow getroffen. Bisher hatte sie weder die Gelegenheit, mit Alvin darüber zu sprechen, noch mit ihrer Freundin Katharina. Eigentlich wollte sie das auch nicht. Wenn einer von beiden zu ihr gekommen wäre, dann vielleicht, aber sie hatte beschlossen, auf Distanz zu bleiben und den beiden in Zukunft aus dem Weg zu gehen. Dann hatte es an ihrer Wohnungstür geklingelt und die Polizei war da gewesen, und so war sie umgehend mit aufs Revier gekommen.

Vollkommen geschockt hatte sie die Befragung im Polizeirevier über sich ergehen lassen. „Wie fühlst du dich, wenn über dir die Welt zusammenbricht, und das innerhalb von wenigen Tagen zweimal?" Das hätte dieser Polizist fragen müssen, und das hätte sie ihm sagen können. Aber das hatte er nicht gefragt. Und vielleicht hätte sie es auch gar nicht in Worte fassen können.

An diesem Tag hatte es den ganzen Nachmittag gedauert, bis sie zum Telefonhörer griff. Sie zögerte immer noch, bis sie die ihr vertraute Nummer wählte. „Katharina, können wir uns sehen?" Katharina Teichert war die einzige Freundin, die sie hatte, und diese einzige Freundin hatte sie betrogen. Aber wen sollte sie anrufen?

Die Angeredete antwortete nicht. Vermutlich fürchtete sie, dass es kein angenehmes Gespräch sein würde. „Kannst du ins „San Lorenzo" kommen?" Ingeborg von Wüstrow blieb ruhig. Das „San Lorenzo" war schon früher ihr Treffpunkt gewesen. „Wann?" Katharina Teichert blieb ihrerseits zurückhaltend, aber sie wich nicht aus. „Halb sieben?" Ingeborg von Wüstrow wählte die Zeit, in der sie sich auch früher getroffen hatten. „Ich komme, halb sieben", Katharina Teichert war erleichtert, dass das Telefonat so glimpflich verlaufen war.

Das „San Lorenzo" war nur spärlich besucht. Es war bereits dunkel und die Straßenlaternen beleuchteten die Güldenstraße. Georgio würde in den nächsten Minuten kommen und fragen, ob sie etwas essen wollten. „Ich bin deine Freundin." Katharina Teichert antwortete eindringlich. Sie sah Ingeborg von Wüstrow an. „Es war nach dem Sommerfest im Verein. Alvin und ich haben einen Spaziergang gemacht, zum Teich runter. Auf dem Weg hat er meine Hand genommen, wie selbstverständlich. Es hat sich gut angefühlt. Wir haben uns auf die Bank gesetzt und übers Wasser geschaut. Es kam von allein. Seitdem haben wir uns zweimal getroffen." Sie machte eine Pause. „Danach haben wir aufgehört", fuhr sie leise fort.

Ingeborg von Wüstrow blickte auf ihre Freundin. „Ingeborg, es ist vorbei. Es war, ja, es war wunderbar. Es ist einfach passiert, und niemand hat Schuld, außer uns beiden."

„Am Tag bevor mein Vater starb, hat er mir diese Nachricht geschickt und einen Tag später ist er tot!"

Katharina Teichert stockte der Atem. Es ging nicht um die Untreue ihrer Freundin gegenüber. Es ging um ganz andere Zusammenhänge. „Alvin?" Ihre Blicke trafen sich. Sie verstanden sich als Freundinnen wie noch nie. Die eine verstand, dass es einfach schön gewesen war, die andere fühlte die tiefe Sorge nach, die alles in Frage stellt, wenn ein vertrauter, geliebter Mensch plötzlich in einem neuen grellen Licht steht und dort wie eine teuflische Fratze leuchtet.

„Das glaube ich nicht." Katharina Teichert blieb so ruhig wie zuvor. Sie nahm jetzt bedächtig einen Schluck von ihrem Aperol, den Georgio mit üblichem Charme serviert hatte. Ingeborg von Wüstrow hatte ein Pellegrino bestellt und gleich mit einem Zug leer getrunken.

„Alvin und ich haben schon vor einigen Tagen entschieden, dass es nicht weitergehen soll. Wir haben uns zufällig im Reitlingstal getroffen, weil wir wohl beide die Idee hatten, nach den neuen Ställen zu schauen. Da haben wir uns kurz umarmt, aber da war nichts, und das wollten wir auch gar nicht. Das war das letzte Mal."

„Mie signore vorrebbero qualcosa da mangiare?" Georgio war die Höflichkeit in Person. „Wollen wir was essen?" Ingeborg von Wüstrow schien plötzlich ganz entspannt. Katharina Teichert nickte. Georgio nahm die Bestellung auf und kam gleich darauf mit einem Korb mit Panini und zwei Schälchen Chinois Sauce wieder.

„Wir haben uns dann noch kurz über die neuen Boxen unterhalten. – Deinen Vater habe ich da aber nicht gesehen. Ich kann mich aber auch nicht an sein Auto erinnern. Ich habe aber, ehrlich gesagt, auch nicht drauf geachtet. Ich hatte vorne geparkt und wollte auch schnell wieder weg."

„Mein Vater parkt oft hinter der Scheune", antwortete Ingeborg von Wüstrow. „Ich weiß es. Früher bin ich oft mit ihm gefahren, und da hat er immer gerne hinten im Schatten gestanden."

„Und am selben Tag ist er dort gestorben?" Katharina Teichert war aufgeregt. „Nein, nein, zwei Tage später, am 11. November. – Genaueres haben sie mir nicht gesagt. Ich habe aber auch nicht gefragt", ergänzte sie nach einer Pause.

„Dann hat es mit Alvin nichts zu tun." Katharina Teichert atmete auf.

Ingeborg von Wüstrow schaute ihre Freundin erschrocken an: „Du meinst, Alvin ...?" „Nein, eben nicht." Katarina Teichert hatte sich mit ihrer Bemerkung selber beruhigen wollen. Jetzt schaute sie auf Ingeborg von Wüstrow und bekam ein noch schlechteres Gewissen, als sie ohnehin schon hatte.

Ingeborg von Wüstrow begann hemmungslos zu weinen.

Die Frau mochte Anfang vierzig sein, war modisch gekleidet und wirkte nervös. Kommissar Rhode blickte durch die Glasscheibe des Verhörraumes, die von der anderen Seite als Spiegel wahrgenommen wurde. Er betrachtete ihren schwarzen Pony und das kecke Hütchen, das sie sich auf die Frisur gesteckt hatte. Ihre Lippen waren rot geschminkt und auf die Kragenspiegel ihres ansonsten dunkelblauen Kostüms abgestimmt, das so wie eine Uniform wirkte.

Sie kaute auf einem Kaugummi und knetete die Hände. Kommissar Rhode überlegte bei sich, dass er sie noch ein wenig zappeln lassen würde. Er ging zum Wasserspender und füllte sich einen der darunter hängenden Becher. Dann ging er zurück hinter die Glasscheibe. Die Frau war jetzt etwas ruhiger geworden. Er leerte den Becher in einem Zug und warf ihn in den Papierkorb.

Bewusst langsam schob er die Tür zum Verhörraum auf, legte die Akte, seinen Notizblock und das Diktiergerät auf den Tisch. „Guten Tag, Frau Funke, schön, dass Sie heute kommen konnten." Die Frau schaute ihn an, als sei sie überrascht. Thomas Rhode fuhr fort. „Sie wissen, warum Sie heute hier sind?" Elisabeth Funke nickte. In den letzten Tagen hatte sie an nichts anderes denken können als an das Verhör heute. Ihre Gedanken waren unablässig um dieses fürchterliche Ereignis gekreist. Immer und immer wieder stieg dieses Bild vor ihr auf, auch nachts, wenn sie schlief, und dann setzte sie sich in ihrem Bett auf und atmete tief ein, solange, bis ihr Herz wieder gleichmäßig schlug.

Thomas Rhode schaltete das Diktiergerät ein und sprach die übliche Formel: Datum, Uhrzeit, Teilnehmer. „Dann erzählen Sie mal." Elisabeth Funke sprach ruhig. „Ich wollte nach meinem Pferd sehen. Als ich ankam, standen alle Tore offen. Ich ging hinein und dann sah ich den ..." Sie hielt inne. Kommissar Rhode wartete. Die Frau blickte auf und sah ihn an. „Es war so furchtbar ...." Sie unterbrach sich erneut. „Ich habe erst geglaubt, es sei eine Theaterszene. Es war so völlig – irreal." „Wieviel Uhr war es?". Die Frage kam ruhig und routinemäßig. „Ich weiß nicht genau – ich bin ungefähr um zwei von zu Hause weggefahren, vielleicht war es auch schon Viertel nach zwei. Man braucht ungefähr zwanzig Minuten. Je nachdem, ob eine Bahn kommt."

Kommissar Rhode hob eine Augenbraue hoch. „Der Bahnübergang in Riddagshausen", ergänzte sie. „Sie fahren über Riddagshausen?" „Ja, wenn ich von zu Hause komme." „Die Tore waren auf?" Thomas Rhode nahm das Gespräch wieder auf. „Ja, das war ganz ungewöhnlich. Wir schließen immer ab, wenn wir gehen." „Wer ist wir?" „Ein paar Bekannte und ich, wir haben diesen Hof gepachtet – für unsere Pferde." „D.h., wenn Sie oder Ihre Bekannten nicht da draußen sind, ist das Tor geschlossen. Dann sind die Pferde auch tagsüber allein?" Thomas Rhode war erstaunt. „Ja, aber ich fahre jeden Tag raus." „Letzten Dienstag auch?" Elisabeth Funke nickte. „Mein Pferd ist sonst zu viel allein, im Augenblick noch, aber wir wollen das ändern". Thomas Rhode schaute sie aufmerksam an. „Das Wohnhaus steht leer. Es ist etwas renovierungsbedürftig, aber eine von uns würde mit ihrer Familie gerne dort einziehen, und dann wäre immer jemand da, auch für die Pferde". „Wie heißt diese Freundin?" „Katharina Teichert."

Thomas Rhode brummte den Namen vor sich hin, als er ihn notierte. „War am Montag noch alles in Ordnung oder ist ihnen was aufgefallen?" Elisabeth Funke blickte kurz auf: „Nein, da ist mir nichts aufgefallen". Dann schüttelte sie den Kopf. „Das heißt, die eine Pferdebox stand offen, so halb, die ist sonst immer geschlossen, aber das ist nichts Besonderes, denn es steht z. Zt. kein Pferd drin. Meinen Sie ..." Der Kommissar unterbrach sie. „Waren Sie am Montag zur selben Zeit dort wie am Dienstag?" „Ja". Elisabeth Funke nickte. „Immer zur selben Zeit, es sei denn der Bahnübergang ..." „ ... ist geschlossen", vollendete der Kommissar den Satz. „Wann sind Sie wieder gefahren?" Die Frage war wichtig. Mit etwas Glück ließ sich die Tatzeit genau eingrenzen. „So gegen fünf, vielleicht etwas eher, aber ich glaube, es war schon fast fünf Uhr."

„Erzählen Sie bitte, wie es am Dienstag war, als Sie auf dem Gelände eintrafen. Was haben Sie gesehen, als Sie auf den Hof fuhren?" Elisabeth Funke stockte: „Es war alles ganz normal, nur eben die Tore standen auf, und mein Pferd war etwas unruhig. Ich dachte erst, vielleicht, weil es den Wagen gehört hatte. Sie freut sich dann, wenn sie mich kommen hört." Sie unterbrach und schien einen Augenblick nachzudenken. „Mir fiel zunächst auf, dass die Bodenklappe zum Heuboden offen war. Normalerweise machen wir sie immer zu. Nur wenn Stroh nach unten geworfen werden muss, dann ist sie ganz praktisch und dann machen wir sie auf." „War sonst noch etwas anders als sonst, abgesehen vom Tatort?" Elisabeth Funke dachte einen Augenblick nach. „Nein – nein, sonst war alles wie sonst auch."

„Wo arbeiten Sie?" Die Frage kam routinemäßig, direkt, ohne Umschweife. Das war seine persönliche Befragungstechnik, und wenn er dabei sehr ruhig sprach und geduldig zuhörte, erfuhr er oftmals mehr, als er erwartete. Elisabeth Funke erschrak. „Bitte nicht, müssen die Kolleginnen unbedingt erfahren ...?" Sie brach ab. „Wo ist das Problem?" Thomas Rhode kratzte sich den Nacken. Er schaute wie unbeteiligt auf seinen Notizblock. Einfach abwarten war die Devise, bei der die interessantesten Dinge zum Vorschein kamen.

Elisabeth Funke schien sich zu sammeln. „Es wird so viel getratscht." Sie seufzte. „Der Kurt Henning und ich, wir waren befreundet. Das haben wir aber nicht groß in die Öffentlichkeit gebracht. Seine Frau hätte da bestimmt was draus gemacht, und er wusste auch nicht, was seine Tochter dazu sagen würde." „Seine Frau?" Kommissar Rhode tat erstaunt. „Der Kurt Henning war geschieden, aber es ging immer wieder ums Geld. Deshalb ..." Sie unterbrach. „Dabei hatte sie selber einen Liebhaber. Ja, ja, aber den hatte der Kurt Henning in der Hand. Der war selber verheiratet und dessen Frau durfte ja nichts erfahren." „Oh", diesmal war das Erstaunen nicht gespielt. Kommissar Rhode beugte sich nach vorn. „Na, den Seutemeel, den alten Busenfeind vom Kurt Henning. Seutemeel und Kurt Henning hassten sich. Das hat den Kurt Henning natürlich verletzt, aber er ließ sich nichts anmerken. Er hob sich das für den Fall der Fälle auf."

Thomas Rhode machte sich Notizen. Hier schien etwas deutlich zu werden, was ein echtes Motiv sein konnte. Wenn er bis vor wenigen Minuten noch glaubte, dass ein so alter Streit eigentlich nicht ausreiche, einen Mord zu begehen, zeichnete sich etwas ganz anderes ab. Er sah von seinem Notizblock auf. „Das wär's für heute, Frau Funke. Machen Sie sich keine Sorgen. Wenn Ihnen noch etwas einfällt, was ich wissen sollte, rufen Sie mich bitte an." Damit schob er ihr seine Visitenkarte über den Tisch. „Ach ja, und wenn Sie rausgehen, dann geben Sie meiner Kollegin draußen am Schreibtisch alle Namen und Anschriften von den Leuten, die mit Ihnen gemeinsam den alten Hof gepachtet haben, und wenn Sie das wissen, auch gleich den Eigentümer." Er wusste, dass er Elisabeth Funke jetzt in Verantwortung genommen hatte, und er hatte das unbestimmte Gefühl, dass da noch etwas anderes sein musste, dass sie etwas vor ihm verbarg. Für eine Mörderin hielt er sie deshalb noch lange nicht, aber irgendetwas beschäftigte die Frau die ganze Zeit.

„Das glaubst du doch selber nicht, den Kerl lasse ich schmoren, bis er schwarz wird." Marianne Seutemeel schnaubte in den Telefonhörer. Tatsächlich hatte sie aus der Zeitung erfahren, dass ihr „Fränkie", wie sie ihn nannte, wohl verhaftet worden war. Das hatte sie zwar etwas erstaunt, aber nicht wirklich gewundert, bei den Kapriolen, die ihr Mann gelegentlich schlug. Dann hatte sie erst einmal abgewartet, bis der Anruf aus dem Polizeirevier gekommen war. Am nächsten Tag war sie dann zur Vernehmung gefahren und hatte erklärt, dass sie geschlafen habe und nicht zweifelsfrei bestätigen könne, dass ihr Mann die ganze Zeit zu Hause gewesen sei. „Ja glaubst Du denn, er hat wirklich den Kurt Henning ..." Henriette von Wüstrow war erschrocken. Dass man ihren Ex-Mann umgebracht hatte, hatte sie zwar erschreckt; aber nach mehr als 2 Jahren Trennung und einer zuvor monatelangen, hässlichen Scheidungsschlacht hielt sich der Schmerz in Grenzen. „Ach Quatsch, mein Frank ist ein Schisser. Der wäre vor Schreck höchstens über seine Hellebarde gestolpert und dann heftig aufgeschlagen." Marianne Seutemeel hatte wenig Mitleid. „Am besten mit dem Kinn", schob sie nach, „damit er mal seine große Klappe im Zaum hält."

Henriette von Wüstrow und sie waren langjährige Freundinnen, auch wenn ihre Männer sich gelegentlich in der Wolle hatten. Bis zur Scheidung waren sie auch öfter mal als Paare gemeinsam unterwegs gewesen, aber seit der Scheidung von Henriette natürlich nicht mehr. „Du kannst ihn doch nicht einfach im Gefängnis lassen, wenn er doch unschuldig ist." Henriette von Wüstrow schien ehrlich besorgt zu sein. Es war nicht ganz klar, ob es wegen der jahrelangen Bekanntschaft war, oder ob sich hinter der Sorge auch eine gewisse Schwäche oder doch zumindest eine Sympathie für den Betroffenen verbarg. „Der kommt mir erst mal beichten, was er am 11.11. abends gemacht hat. So weißt du, ganz klein mit Hut, und dann werde ich ihn noch ein bisschen zappeln lassen."

Marianne Seutemeel blieb hart. Die unverhoffte Ruhe im Haus am Bültenweg tat ihr gut. Außerdem hatte sie schon seit einer Weile die Vermutung, dass ihr Fränkie neben seinem Hobby als Kuno der Nachtwächter noch einer weiteren Leidenschaft nachging. Am 11. November hatte er keinen Auftritt als Kuno gehabt, und mit Karneval hatte er gar nichts am Hut. Das wusste sie genau, und genau deshalb ließ sie ihn jetzt zappeln. „Kann man ihn denn mal besuchen?" ließ sich Henriette erneut vernehmen. „Besuchen, im Knast?" Marianne Seutemeel zögerte. „Aber lass mir ein wenig Vorsprung, ich will rauskriegen, was er wirklich getrieben hat, der ..." Den anschließenden Ausdruck behielt sie für sich. Insgeheim war ihr doch ein wenig mulmig zu Mute bei dem Gedanken, dass ihr „Fränkie" bei Wasser und Brot in einer vielleicht fensterlosen Zelle sitzen musste. Er machte zwar hier und da etwas Unsinn, aber er war doch ein anständiger Kerl, der sich immer um sie und die Familie gekümmert hatte. Und neben seinem Engagement als Kuno der Nachtwächter kümmerte er sich auch noch ehrenamtlich um die Heimatpflege und die Natur in Riddagshausen.

„Also, ich werde es morgen mal versuchen, und dann rufe ich dich an." Marianne Seutemeel schlug jetzt einen friedlichen Ton an. Henriette von Wüstrow am anderen Ende der Leitung seufzte. Dann holte sie tief Luft. „Ja, das ist gut. Und wenn du dann meinst, dass ich ihn auch einmal besuchen sollte, dann ..." Marianne Seutemeel fiel ihr ins Wort. „Natürlich besuchst du ihn auch, wir beide zusammen werden schon rausbekommen, was er so Interessantes angestellt hat." Dann legte sie den Hörer auf. Die letzte Bemerkung von Henriette hatte ihr plötzlich zu denken gegeben. Klar, die alte Verbundenheit kommt bei außergewöhnlichen Ereignissen wieder zum Vorschein, aber die Dringlichkeit, oder sollte sie sagen der Schmerz, war doch auffällig.

„Alvin, was ist passiert?" Die Stimme von Katharina Teichert war tränenerstickt. Vom anderen Ende der Leitung kam keine Antwort. Alvin Peukert war wie vor den Kopf geschlagen. Er versuchte, sich zu konzentrieren. Was geschehen war, war ihm noch immer nicht bewusst. „Alvin!"

„Du, ich weiß es nicht", kam jetzt zögerlich durch den Hörer. Alvin Peukert raufte sich die Haare. Wie konnte Katharina wissen, was dort im Reitlingstal passiert war? Er war sich ja selber nicht ganz im Klaren, außer diesem lächerlichen Streit, von dem er aber bis jetzt niemandem erzählt hatte.

„Ich habe mit Ingeborg gesprochen, Alvin", Katharina Teichert klang jetzt etwas ruhiger. „Ich habe ihr alles erzählt." Jetzt war Alvin Peukert noch mehr verwirrt. „Was hast du ihr erzählt?" „Von uns." Die Stimme aus dem Hörer klang ruhig, aber auch zugleich einfühlsam. Alvin Peukert stöhnte auf: „Ja, warum das denn?" Er taumelte, fasste die nächste Stuhllehne und kämpfte mit dem Gleichgewicht.

Dass es den alten Kurt Henning erwischt hatte, war eine Sache, aber dass Katharina zu Ingeborg gegangen war, um ihr zu beichten, das brachte er nicht zusammen. „Ingeborg wusste alles. Kurt Henning hat es ihr gesagt." Katharina Teichert vermied von einer E-Mail zu reden, um nicht weitere Erklärungen nachschieben zu müssen, die sie ja auch nicht hatte.

„Ihr gesagt?" Alvin Peukert wurde noch aufgeregter. „Mich hat er nur angeschrien, ich solle seine Tochter in Ruhe lassen." „Und dann?" „Du, ich weiß es nicht, ich war gerade beim Heu machen und er tobte die Stiege hinauf. Er hatte so ein Riesending in der Hand und wollte mich aufspießen. Ich bin an die Seite, und er war plötzlich verschwunden, durch die Bodenklappe gestürzt. Ich habe ihn aber gar nicht richtig gesehen und bin gleich weg. Wenn so ein Irrer hinter dir her ist, dann kannst Du nur abhauen. Also die Treppe runter und nichts wie weg." Jetzt musste Alvin Peukert erst einmal tief Luft holen.

„Du, er ist tot, und Ingeborg glaubt, dass du was damit zu tun hast." Alvin Peukert setzte sich auf den Stuhl, von dem er noch soeben die Lehne ergriffen hatte. Er hatte Katharina nicht alles erzählt, aber er selber hatte das Geschehene weitgehend ausgeblendet. Ihm war wirklich nur Kurt Hennings Abgang in Erinnerung geblieben. „Was hat er denn von uns erzählt?", wollte er jetzt wissen. „Er hat uns wohl beobachtet und muss es dann Ingeborg erzählt haben." „Aber da war doch nichts!", wandte Alvin Peukert jetzt ein." „Es hat von weitem wohl danach ausgesehen – und das ist ja auch verständlich", schob sie leise nach.

Alvin Peukert saß jetzt wie versteinert. In seinem Inneren brach alles zusammen. Den Ärger mit Kurt Henning konnte er noch verkraften. Der hatte schon öfter an ihm rumgemeckert. Der Abschied von Katharina musste halt sein und es war eine schöne Zeit gewesen, aber Ingeborg? Er hatte ihr einen Stich ins Herz versetzt. Das war nie seine Absicht gewesen, nicht nur weil er den kleinen Seitensprung geheim halten wollte, sondern weil er Ingeborg liebte und sie nie hatte verletzen wollen. Ob es eine Hochzeit hätte geben sollen, war nach den vielen Angriffen von Kurt Henning ohnehin nicht mehr so eindeutig, aber eine umsichtige, fürsorgliche Partnerschaft, das hätte auch Kurt Henning nicht verhindern können.

Er drückte auf ‚Gespräch beenden'. Dann legte er sein Smartphone auf den Tisch. „So fühlt es sich an, wenn man keine Chance mehr hat", dachte er.

Die Kerzen flackerten leicht und warfen Schatten auf das weiße Tischtuch. Das Besteck glänzte silbern, und die beiden Weingläser warfen einen roten Schimmer auf die Tischdecke. „Du hast dich ja richtig in Kosten gestürzt, mein Lieber." Illona Althuesmann lächelte. Sie hob ihr Glas und prostete Thomas Rhode zu. „Wenn ich nicht wüsste, dass ich vollkommen unbestechlich bin, könnte man meinen, dass du etwas Unredliches vorhast. Auf Dein Wohl, mein Lieber." Thomas Rhode lächelte zurück. „Selbstverständlich habe ich etwas Unredliches vor. Aber das weißt du ja. Und dass du bestechlich bist, weiß schließlich die ganze Stadt." Er machte eine kurze Pause. „Deshalb bist du ja heute gekommen." Er zwinkerte und beide mussten plötzlich loslachen.

Hier im „Il Capriccio" konnten sie sich ungestört treffen, und so ganz nebenbei schmeckte das Essen hervorragend. Und wenn sie doch zufällig jemand beobachten sollte, der wusste, wer sie waren, dann konnten sie auf Befragen immer noch sagen, dass sie versucht hatten, die jeweils andere Seite auszuhorchen. Gelegentlich trafen sie sich auch ganz offiziell, dann waren es Dienstbesprechungen. So ganz nebenbei, hatten sie auf diese Art und Weise schon ein paar Fälle miteinander gelöst, und insofern waren die Einladungen zu diesen Dienstbesprechungen mehr als angemessen. Immer schön abwechselnd, so dass es nicht auffiel.

„Du weißt ja, dass wir in den einschlägigen Restaurants ein paar Kellner kennen, die sich über ein Trinkgeld freuen, und die rufen uns dann an." Illona Althuesmann ließ es ganz nebensächlich klingen. „Natürlich weiß ich das, aber sag mal, warum haben die sich im „Strupait" getroffen und warum war der Oberbürgermeister auch da?" „Das klingt so, als kämst du nicht recht weiter." Illona Althuesmann sah Thomas Rhode spöttisch und ein wenig besorgt an. Er nickte:

„Also, der Seutemeel hatte Geburtstag, siebzig oder fünfundsiebzig, keine Ahnung, und der Altewiek war da, weil es ja auch um „Kuno den Nachtwächter" ging. Die andern Konsorten kennst du ja, die ganze Braunschweiger Hautevolee.

„Der Seutemeel und der von Wüstrow kannten sich, hast Du das gewusst?" „Na klar." Illona Althuesmann griff zu ihrer Serviette. Der Kellner hatte soeben die Vorspeise serviert. „Das weiß die ganze Stadt. Die haben sich beharkt, wo sie konnten. Aber da war vieles nur Show. Eigentlich waren sie sich in vielen Dingen einig. Heimatpflege, Politik ..." „In der Partei?" Thomas Rhode wischte sich den Mund. „Nein, nein, die machten das mit Geld. Hier 'ne Spende, da 'ne Zuwendung." „Also ein Motiv ..." „Für einen Mord?" Illona Althuesmann hustete. „Nein, völlig abwegig. Die brauchten sich gegenseitig. Auf dem letzten Neujahrsempfang der Zeitung standen sie die ganze Zeit zusammen und hielten Hof und alle kamen und haben geknickst."

Thomas Rhode grinste. Nach der bisher gemachten Erfahrung mit dem Seutemeel konnte er sich das sogar vorstellen. Er schob Illona Althuesmann ein gefaltetes Blatt Papier hinüber. Sag mal, kannst du mit denen was anfangen?" Illona Althuesmann legte ihre Gabel beiseite und faltete das Papier auf. „Die Tochter von Wüstrow, klar. Die anderen sind mir auf den ersten Blick kein Begriff. Aber ich werde mal ein bisschen recherchieren." „Mir fehlen immer noch ein Teil der Fingerabdrücke", begann Thomas Rhode erneut. „Aber viel interessanter ist, wer von denen den Seutemeel und wer das Opfer kannte." Der Kellner kam an den Tisch um die Vorspeise abzuräumen. „Eccezionale", meinte Thomas Rhode zu ihm. „Grazie", antwortete der Kellner und verschwand mit einer kurzen Verbeugung.

Illona Althuesmann schob einen Arm über den Tisch und ergriff die Hand des Kommissars. „Wir sollten es uns anschließend noch ganz gemütlich machen, meinst du nicht auch?"

„Machen Sie sich bitte keine Sorgen." Kriminalassistentin Holtzbrink führte das Paar in den Verhörraum. „Wir müssen alle befragen, die zur Pächtergruppe des Reiterhofs am Elm gehören." Katharina und Uwe Teichert schauten skeptisch auf den Tisch, auf dem schon das elektronische Fingerabdruckgerät stand. Sie wussten bereits, um was es ging und dass eine stadtbekannte Persönlichkeit in ihrer Scheune den Tod gefunden hatte. Aischa und Dennis Ötztürk hatten sie angerufen. Aischa hatte völlig unter Schock gestanden, denn sie waren selber draußen gewesen und waren auf die Polizeiabsperrung gestoßen. Da hatte ihnen ein Beamter erklärt, dass sie dort nicht hinein dürften. Als sie sich als Pächter vorstellten, hatte er ihnen gleich eine Telefonnummer gegeben, bei der sie sich dringend melden sollten. Das hatten sie dann auch gemacht, und Kommissar Rhode hatte sie sofort einbestellt, sie befragt und routinemäßig auch die Fingerabdrücke genommen. Katharina und Uwe Teichert wussten also Bescheid, um was es ging.

„Wer war denn das Opfer?" Uwe Teichert ergriff die Initiative, noch bevor Kommissar Rhode sich vorgestellt hatte. „Sie kennen Kurt Henning von Wüstrow?" Thomas Rhode nahm Katharina Teichert ins Visier ganz nach dem Motto: „An der schwächsten Stelle musst du die Verdächtigen aufbrechen." Katharina Teichert erschrak. Sie zögerte und sah ihren Mann an. Uwe Teichert zog die Augenbrauen hoch. „Vielleicht sollte ich mich erst einmal vorstellen", begann Thomas Rhode aufs Neue. Katharina und Uwe Teichert hörten gebannt zu. Er hatte kurz den Sachverhalt beschrieben, bis er seine Eingangsfrage wiederholte. Katharina Teichert nickte. „Wir kennen ihn alle ... aus dem Reit- und Fahrverein", schob sie nach.

Dann folgten die Fragen nach dem Alibi, bei denen sich die beiden verständlicherweise gegenseitig bestätigten. Tagsüber waren sie auf der Arbeit gewesen, was sich sicher leicht nachprüfen ließ, und abends gemeinsam zu Hause. So war es auch bei der Familie Otztürk gewesen. Durchaus plausibel. Dann kam die Abnahme der Fingerabdrücke. Das war die eigentlich entscheidende Prüfung, aber das erklärte Thomas Rhode natürlich nicht.

Nach dieser Prozedur wurde die Stimmung langsam entspannter. „Was war Herr von Wüstow denn so für ein Typ?" wollte der Kommissar jetzt wissen. Plötzlich wurde Uwe Teichert gesprächig. Jetzt erfuhr der Kommissar, dass er als reicher Gönner im Reitverein bekannt war, dass er eine Pferdeoperation bezahlt hatte und dass, was ja eigentlich alle wussten, seine Berufung der „Till Eulenspiegel" gewesen war. „Na, gab es da nicht auch mal Neider, bei so viel Popularität und Sympathie?" Thomas Rhode klopfte auf den Putz. „Och nö, eigentlich nicht." Uwe Teichert gab sich loyal. „Er war ja ein jovialer Typ." Katharina Teichert meldete sich zurückhaltend. „Der ein oder andere hat mal erzählt, dass er ab und an mit einem Herrn Seutemeel im Clinch lag. Wissen Sie, das ist der Kuno, der Nachtwächter. Aber das war nix Ernstes. Das war eigentlich mehr, um sich hier und da mal in den Vordergrund zu schieben." Kommissar Rhode ließ es so stehen. Er hatte ja seine Spur, und die wurde so ganz nebenbei bestätigt.

„Meinst du, wir haben was Falsches gesagt?" Katharina Teichert blickte ihren Mann fragend an. Sie standen auf der Treppe vor der Wache. Der kalte Nord/West fauchte durch die Straße. Uwe Teichert antwortete zunächst nicht. Er grübelte über das, was er erfahren hatte. Der alte von Wüstrow war nicht wirklich nett, ein bisschen skurril, aber dass man den umbringen würde, warum? Da musste was ganz anderes dahinterstecken als der lästige Streit mit dem Seutemeel. Sie mussten unbedingt Ingeborg anrufen oder besser hinfahren, um ihr ihrer beider Beileid auszusprechen. „Ich denke, wir haben alles richtig gemacht. Wir haben ja nichts zu verheimlichen, oder?" Seine Frau blickte inzwischen in die andere Richtung. „Natürlich nicht, wie kommst Du darauf?" „Na, sag ich doch, wir haben nichts zu verheimlichen."

Henriette von Wüstrow stieg zügig die Treppe hinauf. Sie war außer Atem. Ihr Herz schlug bis zum Hals, was nicht allein vom Treppensteigen herrührte.

Am oberen Treppenabsatz blieb sie einen Augenblick stehen und atmete tief durch. Die gegenüberliegende Wohnungstür stand offen. Marianne Seutemeel stand angelehnt im Türrahmen und schaute ihre Freundin fast mitleidig an. Nachdem sie den Türöffner betätigt hatte, hatte sie am oberen Treppenabsatz gewartet, bis ihre Freundin oben angelangt war. Immerhin zwei Stockwerke Altbau. Das galt es zu bewältigen. Aber das war nicht allein der Grund, warum sie ihre Freundin etwas herablassend betrachtete.

„Kann ich reinkommen?" Henriette von Wüstrow fragte noch immer leicht außer Atem. „Aber ja, meine Liebe." Marianne Seutemeel machte einen Schritt zur Seite, um ihre Freundin durchzulassen. „Komm rein, geh schon mal durch, du kennst dich ja aus." Sie schloss die Tür langsam. Henriette von Wüstrow war dankbar und ging den Flur entlang ins Wohnzimmer. „Möchtest du einen Kaffee? Ich habe gerade frisch aufgebrüht." Marianne Seutemeel verschwand in die Küche. Sie wartete die Antwort nicht ab. Sie kannte ihre Freundin und schüttete zwei Becher, die schon auf der Anrichte standen, voll. In jeden gab sie einen Schuss Milch, 1,5% Fett. Man musste schließlich auf die Figur und den Cholesterinspiegel achten.

Als sie mit den beiden Bechern ins Wohnzimmer kam, saß Henriette von Wüstrow am kleinen Teetisch wie immer, wenn sie sie besuchte und schaute sorgenvoll auf. „Wie geht es Frank?" Marianne Seutemeel stellte die Becher hin und wartete einen Augenblick mit ihrer Antwort. „Hast du ihn besucht?" Henriette von Wüstrow hakte nach. „Aber ja, meine Liebe, natürlich habe ich ihn besucht." „Und, wie geht es ihm?" „Na ja, scheint etwas ungemütlich zu sein – im Knast."

Marianne Seutemeel nahm ihren Becher und führte ihn zum Mund. „Und was sagt er?" Die Frage klang etwas hilflos. „Was soll er sagen? – Er war's nicht. Aber man kann ja nicht wissen, was passiert ist."

Henriette von Wüstrow stellte ihren Becher mit zitternden Händen auf den Tisch. „Kannst du ihm denn kein Alibi geben?" Ihre Freundin sah sie mit Bedauern in der Miene an. „Ich habe geschlafen, ich weiß nicht, wann er nach Hause gekommen ist."

Für einen Augenblick herrschte Stille im Raum. Mariann Seutemeel blickte zum Fenster und nahm einen weiteren Schluck aus ihrem Becher. Henriette von Wüstrow drehte ihren Becher auf dem Tisch um dessen Achse. „Marianne, ich muss dir was erzählen." Henriette von Wüstrow holte Luft und blickte zu Boden. Dann sah sie kurz ihre Freundin an und begann stockend. „Weißt du, der Frank und ich ..." Sie unterbrach sich und faltete die Hände, indem sie einen Daumen mit der anderen Hand umfasste. „Weißt du, der Frank und ich ..." Marianne Seutemeel sah sie vielsagend an. „Ihr habt ein Verhältnis – der Frank und du." Henriette von Wüstrow hätte hochschrecken müssen, blieb aber wie gelähmt sitzen. „Woher weißt du ...?" Marianne Seutemeel schaute ihre Freundin an. „So was merkt man, wenn man seit fast dreißig Jahren verheiratet ist." Sie machte eine kurze Pause. „Weißt du, ich kenne den Frank besser als er sich selbst." Henriette von Wüstrow schrak auf. „Hat er es dir etwa erzählt?" Marianne Seutemeel lächelte. „Er braucht mir nichts zu erzählen, ich sagte schon, ich bin seit fast dreißig Jahren mit ihm verheiratet. Sie zwinkerte ihrer Freundin zu. „Aber erzähl mal, wie seid ihr euch denn näher gekommen?"

Henriette von Wüstrow bekam einen Schweißausbruch. Wie sollte sie ihrer Freundin in dieser Situation erklären, was geschehen war? Sie knetete ihre Hände, räusperte sich und begann nach Worten zu suchen. „Weißt du, bei deiner letzten Geburtstagsfeier." Sie unterbrach sich. Sie fühlte, wie plötzlich Tränen hochstiegen. Stockend fuhr sie fort: „Wir haben doch getanzt, und da ...". „Seid ihr euch nähergekommen", vollendete Marianne Seutemeel den Satz.

Henriette von Wüstrow nickte. „Und wie ging es dann weiter?" Marianne Seutemeels Augen ruhten nun auf ihrer Freundin. Sie blickten nicht streng, eher mitfühlend. „Marianne, er war bei mir. Frank war an dem Abend bei mir." Henriette von Wüstrow bekam das Gefühl, als hätte sie alle Kraft verlassen. Die Tränen, die sie bis eben noch unterdrückt hatte, traten hervor, und sie überließ sich diesem Gefühl, das sie zwar verzweifelt gemacht hatte, aber ihr jetzt Erleichterung verschaffte.

„Weiß ich doch!" Marianne Seutemeel lächelte. Das wurde aber Zeit, dass du mir das sagst." Sie nahm einen weiteren Schluck Kaffee. „Aber woher weißt du ...?" Henriette von Wüstrow stockte erneut. „Hab euch einmal zufällig gesehen, bei „Härtle". Außerdem hat er seine Telefondaten nicht gelöscht und das Smartphone offen liegen lassen. Da stand alles schwarz auf weiß." Henriette von Wüstrow ließ ihren Tränen freien Lauf. Sie weinte still, und Marianne Seutemeel wartete geduldig.

„Was machen wir jetzt?" Die Frage stand wie ein Gespenst im Raum. Henriette von Wüstrow hatte mehr geflüstert als gesprochen. Sie blickte ihre Freundin an. Marianne Seutemeel stand auf und ging in die Küche. Als sie mit einem Becher mit frischem Kaffee zurück war, stellte sie ihn auf den Tisch, sah ihre Freundin an und meinte: „Wir lassen ihn zappeln." Henriette von Wüstrow schreckte zurück. „Marianne, er war es nicht. Ich kann das bestätigen." „Er hat mich betrogen, und das mit meiner besten Freundin. Und da muss erst so etwas passieren, dass du es mir beichtest. Ne, ne, ne, wir lassen ihn zappeln. Und außerdem, so ein paar Tage Gefängnis werden ihm mal gut tun!" Sie nahm einen kräftigen Schluck und lächelte ihre Freundin an.

Henriette von Wüstrow schluckte. Sie holte erneut tief Luft. Das alles war zu viel für sie. Eigentlich hatte sie damit gerechnet, dass ihre Freundin ihr eine Szene machen würde, aber diese schien vollkommen gelassen mit der Situation umzugehen. „Er leidet, Marianne, er leidet." Wieder waren die Worte mehr geflüstert als gesprochen. „Er leidet nicht, meine Liebe, du leidest! Er ist nur wütend. Wütend, dass er in so eine Falle getappt ist, und dann soll ich ihm ein Alibi geben? So weit kommt das noch! Ne, ne, ne, den lassen wir zappeln." Sie blickte erneut hinüber zu ihrer Freundin. „Aber es ehrt dich, dass du leidest. – Du magst ihn wohl wirklich." Henriette von Wüstrow nickte. Sie seufzte tief: „Weißt du, seit der Scheidung von Kurt Henning war nichts mehr wie früher. Er hat mich betrogen und hinters Licht geführt, aber er war doch irgendwie da, und da war jetzt plötzlich nur noch ein schwarzes Loch." „Aber wir waren doch auch noch da", warf Marianne Seutemeel ein. „Ja, ja ihr wart da, aber trotzdem, und außerdem ist es doch genau so entstanden. Ihr habt euch beide gekümmert, auch der Frank. Aber das weißt du ja. Und es war ja auch erst ganz harmlos und dann ..., dann ..." „... ist es plötzlich umgekippt." Marianne Seutemeel vervollständigte den Satz. Henriette von Wüstrow nickte.

„Bist du jetzt sauer?" Marianne Seutemeel wartete einen Augenblick mit ihrer Antwort. „Ehrlich gesagt bin ich froh, dass er es mit dir gemacht hat und nicht mit irgendeinem ... Flittchen. – Nein, es entlastet mich. Bei dir findet er seinen Ausgleich und ich kann andere Sachen machen. Das ist kein schlechtes Arrangement. – Ich hätte es nur gerne anders erfahren. Außerdem – ist er bei dir in guten Händen."

Henriette von Wüstrow ging die Treppe hinunter. Die letzten Worte ihrer Freundin gingen ihr durch den Kopf. Sie zog die Haustür hinter sich zu und strebte nun zügig in Richtung Theaterwall. Sie konnte ihre Freundin unmöglich hintergehen. Frank war nicht der Täter, das war ihr und Marianne klar, aber sie noch einmal zu hintergehen, das war ausgeschlossen. Also musste er noch ein wenig zappeln.

Die Befragung von Claus und Ursula Stahlmann war ergebnislos verlaufen. Die beiden waren Rentner und betrieben die Pferdepflege noch als ihr Hobby. Sie hatten auch nur noch ein Pferd, das fast zwanzig Jahre alt war und auf Bitten von Ursula Stahlmann sein Gnadenbrot draußen am Elm bekam. Dort gab es eine große Weide mit Unterstand, so dass die Pferde sowohl einen Stall als auch ihre Bewegung haben konnten.

Claus und Ursula Stahlmann kamen aus Königslutter und kannten den Verpächter recht gut, hatten aber mit den Braunschweigern und schon gar nicht mit den von Wüstrows und Seutemeels etwas zu tun. Die Alibis waren glaubhaft und die Fingerabdrücke passten ebenfalls nicht.

Blieb jetzt nur noch der Peukert, der jedoch bisher auch keinen erkennbaren Bezug zum Opfer und zum vermeintlichen Täter hatte.

Regina Holtzbrink klappte ihr Laptop zu. Bis auf den letzten Pächter hatten sie alle verhört. Es fehlte noch dieser Alvin Peukert. Regina Holtzbrink griff zum Telefon und wählte die Nummer, die sie ermittelt hatte. Am anderen Ende lief ein Anrufbeantworter. Sie meldete sich amtlich korrekt und bat um Rückmeldung.

Alvin Peukert war sichtlich nervös, als Regina Holtzbrinck ihm die Tür zum Verhörraum öffnete. Regina Holtzbrinck bat ihn, Platz zu nehmen und übernahm den formellen Teil des Gespräches, Personaldaten etc. Sie hatte sich angewöhnt, es so zu gestalten, dass es eine beruhigende Wirkung auf die Probanden haben sollte. Sie ließ sich Zeit, sie bedankte sich für das Erscheinen und betonte wiederholt, dass es sich um eine reine Routinemaßnahme handelte. Auch ihr Ton war bewusst ruhig. Zwischendurch lächelte sie die Gesprächspartner an, insbesondere dann, wenn sie bereits zum Kreis der Verdächtigten zählten. Die scharfe, unnachgiebige Form überließ sie gerne Kommissar Rhode.

Sie übernahm die Abnahme der Fingerabdrücke, wobei sie wieder die Routine in den Vordergrund stellte und das Wort Tatort vermied. Alvin Peukert schien sich zu beruhigen. Er ahnte sicher nicht, dass der Abgleich ja inzwischen zeitgleich im Hintergrund ablief, denn die ermittelten Fingerabdrücke waren bereits eingescannt und wurden automatisch verglichen, was einfach war, da ja nur drei Personen ermittelt worden waren und das Opfer und den Kuno konnte man ja inzwischen aussondern.

Der Computer brauchte eine Weile. Regina Holtzbrinck entschuldigte sich noch einmal für die entstandenen Unannehmlichkeiten und bereitete jetzt den Verdächtigen auf den weiteren Ablauf vor, das hieß, dass in wenigen Minuten der Kommissar das Gespräch fortsetzen werde. Der Computer arbeitete immer noch. Bevor das nicht abgeschlossen war, würde Thomas Rhode nicht kommen. Dann kam das Ergebnis. Der Laptop machte kein Geräusch, zum Glück. Der Befund war eindeutig: Treffer. Regina Holtzbrinck speicherte kurz ab und schaltete dann auf die Datenerfassung um. In diesem Fall würde sie da bleiben und warten, bis der Kommissar erscheinen würde.

„Nein, nein, nein – so war es nicht!" Alvin Peukert versuchte trotz der angespannten Situation die Fassung zu behalten. „Na, wie war es dann?" Kommissar Rhode lehnte sich zurück: „Erzählen Sie mal." Alvin Peukert blickte den Kommissar aus dunklen Augenhöhlen an. Schweiß war auf seine Stirn getreten, und er atmete tief. Kommissar Rhode hatte das Gefühl, er habe ihn geknackt. „Ich bin da gewesen, ja. Ich bin ihm nachgefahren, weil ich mit ihm reden wollte. Vor der Tür hatte er mich gleich abgewimmelt, er hätte keine Zeit." Kommissar Rhode merkte auf. „Sie waren im Madamenweg?" Alvin Peukert nickte. „Ja, ich wollte mit ihm reden, aber es kam nicht dazu. Er stürmte gleich zu seinem Wagen. Da bin ich hinterher. Das war dumm, vielleicht. Aber dann merkte ich, dass er rausfuhr, Richtung Reitlingstal. Ich dachte, dass er vielleicht auf den Reiterhof fuhr. Und so war es auch. Aber ich habe ihn dann verloren."

Der Kommissar hob die Augenbrauen. „In Riddagshausen, die Eisenbahnschranke. Er war gerade durch und ich musste warten." Der Kommissar nickte. „Als ich ankam, stand das große Tor offen und ich dachte, er müsse drinnen sein. Dann bin ich reingegangen. Aber er war gar nicht da! Ich war echt verblüfft. Erst habe ich gewartet und mich noch etwas umgesehen. Dann habe ich mir gedacht, ‚Wenn ich schon mal hier bin, dann kann ich auch etwas Heu machen, vielleicht kommt er ja noch.' Ich bin dann zum Heuboden hoch, hab die Bodenklappe runtergelassen und hab dann von hinten das Heu nach vorne gegabelt." Plötzlich hörte ich, dass jemand unten war. Ich bin wieder raus und da stand er mit so einer komischen Stange in den Händen, so 'ne Art mittelalterlicher Speer. Ich traute meinen Augen nicht!"

Alvin Peukert unterbrach. Er atmete durch. Es fiel ihm sichtlich schwer, die Ereignisse aus seiner Erinnerung wieder entstehen zulassen. „Was haben Sie dann gemacht?" Thomas Rhode war jetzt hoch konzentriert. Erst hatte er mich gar nicht bemerkt, dann blickte er nach oben und hatte mich entdeckt." „Und dann?" Kommissar Rhode hakte nach. „Es war ein Albtraum!" Alvin Peukert zögerte. „Er drehte den Spieß plötzlich um und kam damit die Treppe zum Heuboden hinaus. Er war völlig außer sich. Er schrie: „Jetzt hab ich dich, du wirst dich hüten, meiner Tochter nachzustellen!" Ich schrie zurück: „Kurt Henning, Kurt Henning, was soll das, lass uns reden!" „Ich kam gar nicht dazu, auszusprechen. Da stürmte er schon über den Treppenabsatz direkt auf mich zu!"

Alvin Peukert holte tief Luft. Bevor Kommissar Rhodemeier ihn auffordern konnte, fuhr er fort. „Ich konnte ausweichen und bekam diesen Spieß zu fassen und drückte ihn nach oben. Kurt Henning riss ihn hin und her und hätte mich beinahe mit der scharfen Schneide erwischt." „Kurt Henning?" Kommissar Rhode tat erstaunt. „Wieso Kurt Henning? Haben Sie sich geduzt?" „Ja, natürlich, er ist ja schließlich mein Schwiegervater. Ich meine, er sollte es werden." Kommissar Rhode war verblüfft. Er wartete. „Darum ging es doch die ganze Zeit. Ingeborg und ich wollen heiraten. Zuerst hat er auch gar nichts dagegen gehabt, aber aus irgendeinem Grund hat er dann Ingeborg erzählt, dass er das für gar keine gute Idee hielt. Wir wussten nur nicht, warum, und da hat Ingeborg gemeint, ich solle mal mit ihm reden." „Ja, und was passierte dann?" Kommissar Rhode wurde langsam angespannt und nervös. Vielleicht legte der Verdächtige sich soeben eine besondere Geschichte zurecht. „Ich hielt den Spieß mit aller Kraft fest und drückte mit aller Kraft. Kurt Hennig machte einen Satz zur Seite. Vielleicht war er auch ausgerutscht, aber in diesem Augenblick stürzte er über den Rand der offenen Bodenklappe. Ich hörte ihn nur noch schreien und ließ ganz schnell den Spieß los, damit ich nicht die Schneide abbekam. Das Ding flog so halb in die Luft und dann durch die Bodenklappe nach unten. Mehr weiß ich nicht."

Alvin Peukert war jetzt wirklich außer Atem, so als habe er soeben diesen ganzen Kampf noch einmal gekämpft. Kommissar Rhode dachte kurz nach. Die Platzierung der Fingerabdrücke von Alvin Peukert passte zu dieser Erzählung. Jetzt war klar, warum sie an dieser Stelle zu finden waren und diese eigenartige Platzierung hatten. „Und dann?" Er blickte wie beiläufig den Verdächtigen an. „Dann bin ich die Treppe hinunter, so schnell ich konnte und abgehauen. Ich dachte, er kommt mir sonst noch hinter her." „Haben Sie sich nicht umgedreht?" „Ich bin gleich in den Wagen und losgefahren. Ich hab dann noch mal in den Rückspiegel geschaut, aber er war nicht zu sehen.

Für einen Augenblick trat Ruhe ein. Kommissar Rhode wartete noch einen Augenblick, dann sagte er nur: „Sie können gehen, vielen Dank!" Jetzt sackte Alvin Peukert zusammen. Die ganze Spannung wich aus ihm. Er wollte aufstehen, aber konnte nicht. „Ich habe doch nicht gedacht, dass er ..." Er fasste die Tischplatte. „Wir wollten doch heiraten!" Jetzt plötzlich fing er an zu weinen.

„Sie können gehen." Kommissar Rhode wählte den beiläufigsten Ton, den er auf Lager hatte. „Der Pförtner gibt Ihnen Ihre Sachen." Das war noch eine Spur beiläufiger als die erste Nachricht. Frank Seutemeel starrte den Kommissar an. Er rührte sich nicht von der Stelle. „Ach, Sie wollen noch etwas bleiben", bemerkte der Kommissar jetzt lakonisch. Er bewegte sich betont langsam auf den Ausgang des Verhörraums zu. Dann sprach er ebenso ruhig wie zuvor den Sicherheitsbeamten an, der auf den Gefangenen wartete.

„Herr Seutemeel will noch etwas bleiben. Klären Sie den Herrn bitte darüber auf, dass das Land Niedersachsen einen Übernachtungstarif in seinen Gefängnissen mit 40 € pro Nacht zuzüglich 23 € für Vollpension vorgesehen hat.

Er wollte soeben durch die Tür des Verhörraumes verschwinden, als sein „Gefangener" wie elektrisiert in die Höhe sprang. „Wo ist die Hellebarde?" Kommissar Rhode tat, als ob er weitergehen wollte, blieb aber dann stehen und antwortete gelangweilt: „Bleibt hier." Er hatte erwartet, dass hinter ihm jetzt ein Wutausbruch losgehen würde, aber die Stimme, die er jetzt vernahm war eher flehentlich, bittend. „Herr Kommissar, das können Sie nicht machen!" Der Kommissar drehte sich langsam um. „Herr Kommissar, das ist mein Arbeitsgerät. Die Leute ..." Der Kommissar hatte sich eigentlich eine abfällige Bemerkung zurechtgelegt, etwa: „Von wegen Arbeitsgerät, nehmen sie doch einen Besen von der Stadtreinigung". Als er aber die vor Schreck aufgerissenen Augen des ehemals Verdächtigen sah, erblickte er einen Schimmer, der wie Tränen aussah.

„Die Hellebarde ist eine Tatwaffe", Kommissar Rhode wurde sachlich, „in einem Todesfall." Das Wort Mordfall vermied er bewusst, weil er Alvin Peukerts

Beteuerungen persönlich glaubte, auch wenn erst die Beweisaufnahme und die spätere Gerichtsverhandlung die Details klären würden. „Wir müssen sie hier behalten." Er unterbrach. „Sie haben die Fotos gesehen."

Frank Seutemeel schaute ihn entgeistert an. „Am Freitag, ... ich muss doch ...". Er stotterte. „Was soll ich denn jetzt machen?" Kommissar Rhode war erstaunt, wie ruhig und zurückhaltend dieser Seutemeel sein konnte. Das war ein ganz anderer Mensch als der, den er während der Verhöre kennengelernt hatte. Der Mann dachte an seine Verpflichtungen, seine Aufgabe, die Bedeutung seiner Rolle und verlor kein Wort über die zu Unrecht erlittene Untersuchungshaft.

„Hmmh", Kommissar Rhode trat auf Frank Seutemeel zu. Dieser war nicht mehr sein Verdächtiger sondern jemand, der Hilfe brauchte. „Vielleicht sollten wir das Städtische Museum fragen, oder noch besser das Staatstheater. Die haben bestimmt eine Hellebarde im Fundus." Frank Seutemeel schaute ihn jetzt ganz erstaunt an, aber auch ein wenig misstrauisch. „Ich kümmere mich darum", versicherte der Kommissar jetzt. „Ich kenne da jemanden. Wann brauchen Sie den Spieß?"

Frank Seutemeel wollte wieder protestieren, „Spieß, wir sind doch hier nicht beim Grill." dachte er, aber er erkannte, dass der Kommissar es ernst meinte und ihm helfen wollte. „Das wäre eine große Hilfe. Die werden sich ohnehin wundern, wo ich stecke"; murmelte er. „Bis spätestens Donnerstag haben Sie einen Ersatz", versicherte der Kommissar. „Ich bring ihn selber vorbei." Dann folgte er dem ehemals Verdächtigen, der jetzt schnurstracks an ihm vorbei zum Pförtner ging.

„Und wie ist es jetzt passiert?" Illona Athuesmann rührte bedächtig in ihrem Espresso. Sie und Thomas Rhode saßen wieder im „Il Capriccio". Es war spät geworden. Mauro hatte gesungen, wie er es öfter an so schönen Abenden machte, und die meisten Gäste waren inzwischen gegangen.

„Also, wenn das stimmt, was der Peukert sagt, dann war es ein Unfall. – Vieles spricht dafür", schob er nach. Illona Althuesmann hob die Augenbrauen. „Der von Wüstrow hat wohl versucht, den Peukert aufzuspießen." „Aufzuspießen?!" Illona Althuesmann riss die Augen auf. Thomas Rhode grinste. „Ja, ehrlich, aufzuspießen." „Also", Thomas Rhode fuhr bedächtig fort. „der von Wüstrow hatte die Hellebarde vom Kuno geklaut." „Was?" Illona Althuesmann hätte beinahe ihren Espresso umgestoßen. Jetzt fasste sie die Tasse mit beiden Händen. Wie hypnotisiert starrte sie Thomas Rhode an. Der seinerseits nahm erst einmal einen Schluck. Er genoss es, Illona ein wenig zappeln zu lassen.

„Tja, man glaubt es kaum, aber es ist wahr. Der von Wüstrow hat dem Kuno seine Hellebarde entwendet, als dieser seinen abendlichen Rundgang mit den Leuten gemacht hat und in die Magnikirche gegangen ist. Da kann er den Spieß ja schlecht mit hinein nehmen, er stellt den immer vor dem Eingang ab. Er wollte dem Kuno wohl eins auswischen – wegen dieser alten Geschichte, wer wohl der Wichtigere für die Stadt ist. Na ja, als der Kuno wieder rauskam, war die Hellebarde weg." „Ja genau, das hat Nicky Nolte so geschrieben", ergänzte Illona Althuesmann. „Zwei Tage später wollte er sie dann offenbar auf diesem Hof im Reitlingstal verstecken", fuhr Thomas Rhode fort. „Den hat eine kleine Gruppe aus dem Reit- und Fahrverein gepachtet, damit die Pferde im Sommer draußen stehen können. Der von Wüstrow gehört zwar nicht zu den Pächtern, ist aber Mitglied im Reit- und

Fahrverein und kennt sich dort aus. Der Peukert hat ihn wohl dabei erwischt, als er ihm hinterher gefahren ist, wegen seiner Verlobung. „Verlobung?" Illona Althuesmann stutzte. „Ja, ja, der Peukert sagt, dass es um einen Streit wegen seiner geplanten Ehe mit der Tochter vom von Wüstrow ging. Der Alte war wohl nicht damit einverstanden. Es kam zum Aufeinandertreffen, tja, und dann kam's wohl zur Rangelei, und dabei ist der von Wüstrow abgestürzt und der Spieß hinterher. Rumms, voll in ihn hinein."

„Glaubst du das?" Illona Althuesmann setzte ihre Tasse wieder ab. „Ja, ich denke schon." Thomas Rhode kratzte sich hinterm Ohr. „Vom Tatort her ist alles plausibel. Wir können noch wählen zwischen Selbstverteidigung und Unfall. Also eine Anklage wegen fahrlässiger Tötung wird's wohl nicht geben. Aber selbst im Falle der Selbstverteidigung müssen wir davon ausgehen, dass die Verhältnismäßigkeit der Mittel gewahrt wurde. Das Opfer hat schließlich die Waffe selber mitgebracht und eingesetzt."

„Du bist ein guter Polizist", schob Illona Althuesmann nach. Thomas Rhode schaute skeptisch. „Ich meine, dass du nichts rausgelassen hast – wegen der Presse usw." Jetzt strahlte sie ihn an. „Ehrlich, Fall gelöst, alles korrekt."

„Der Kuno Seutemeel hat jetzt nur ein Problem", begann Thomas Rhode erneut. Mit dem zweiten Schluck war die Espressotasse leer. „Ich denke, der ist raus, und er ist unschuldig?" Sofort war die Neugierde von Illona Althuesmann wieder geweckt. „Ja, ja der ist raus, und unschuldig ist er natürlich auch." Thomas Rhode machte eine Pause. „Aber er hat keine Hellebarde mehr." Illona Althuemann schaute ernst. „Ich brauch sie doch als Beweismittel, zumindest bis die Untersuchung abgeschlossen ist. So lange kann der arme Kuno keine nächtlichen Rundgänge machen."

Illona Althuesmann und Thomas Rhode schauten sich gegenseitig an. Dann mussten beide plötzlich herzhaft lachen.

„Muckilein, Ich glaube wir müssen die Zeitung abbestellen, sonst zieht der Seutemeel noch hier ein!" Edith Kolmar stand auf dem Treppenabsatz und wedelte mit der Zeitung. Diesmal sprang ihr Mann auf und kam ihr entgegen. „Wieder auf Seite 1?", fragte er. „Aber sicher, darunter macht es dein Busenfreund doch nicht", spöttelte Edith Kolmar. „Ach", zischte Gerwin Kolmar. Eigentlich wollte er: „Er ist nicht mein Freund", ausstoßen, aber die Neugierde war zu groß. Edith Koller reichte ihrem Mann die Zeitung, indem sie sie hochhielt und die Seite 1 präsentierte.

„Kuno ist zurück", titelte die Zeitung. Darunter ein großes Foto, das einen glücklich strahlenden Nachtwächter Kuno zeigte, der eine Hellbarde vom Intendanten des Staatstheaters überreicht bekam. Natürlich diente die große Treppe des Staatstheaters als Hintergrund. Die Bildunterschrift kommentierte die Übergabe. Im folgenden Artikel wurde betont, dass die Unschuld des zuvor Verdächtigen einwandfrei erwiesen sei. Zugleich wurde erklärt, wie kompliziert die Lösung des Falles gewesen sei.

Gerwin Kolmar schüttelte den Kopf. „Dieser Seutemeel, hat er es doch wieder geschafft!" Er las den Text auf der Seite 1 und blätterte in den Innenteil. Hier stand das Bild noch mal, wenn auch als vergrößerter Ausschnitt, so dass nur der Intendant und Kuno zu sehen waren. Gerwin Kolmar ging zurück zu seinem Sessel. Sofort nach Bekanntwerden des Verlustes der Hellebarde hatte der Intendant des Staatstheaters die Initiative ergriffen und hatte für den Vertreter der Stadt, Kuno den Nachtwächter, eigenhändig eine Hellebarde aus dem Fundus herausgesucht. Gezeichnet war der Artikel mit N.N.

Gerwin Kolmar ließ die Zeitung sinken. „Vielleicht ist der Seutemeel doch gar nicht so übel", dachte er. „Vielleicht sollte ich ihn doch noch mal ansprechen.

Im Frühjahr ist ja wieder Schoduvel!" Gerwin Kolmar sah plötzlich vor seinem inneren Auge den neuen Wagen des Zugmarschalls: Eine riesige Hellebarde, deren Spieß nach vorne zeigte und darunter der Seutemeel, nein, der Kuno und er im feinsten Ornat. Die Menge würde toben oder andächtig zu Boden knien oder doch mindestens so laut jubeln, dass es von Häuserwänden zurückhallen würde. Gerwin Kolmar wusste, was jetzt zu tun war. Als erstes würde er den Stukke anrufen.

Nachwort

Liebe Leserin, lieber Leser,

es war nicht leicht, den Weg der seinerzeit verschwundenen Hellebarde zu rekonstruieren. Bis heute ist nicht bekannt, wie sie abhandengekommen war und wie sie wieder zu ihrem Eigentümer zurück fand.

Dennoch, die Spekulationen haben bis heute nicht aufgehört und so lag es nah, dem einen oder anderen Hinweis nachzugehen. Die daraus entstandene Geschichte ist natürlich frei erfunden, wobei das ein oder andere Detail auf den bekannten Tatsachen beruht.

So bedanke ich mich bei Herrn Jürgen Köpke, der als Hugo der Nachwächter ein strenges Auge auf meine Recherchen hatte und bei Frau Margit Warning, die so manches Mal die überbordende Fantasie zügeln musste.

Mit einem Augenzwinkern

Euer Ernst-Rudolf Altewiek